通学電車

～君と僕の部屋～ みらい文庫版

みゆ・作
朝吹まり・絵

集英社みらい文庫

目《もく》次《じ》＆《アンド》人《じん》物《ぶつ》紹《しょう》介《かい》

森《もり》下《した》優《ゆう》名《な》（ユウナ）

北《きた》山《やま》高《こう》校《こう》２年《ねん》生《せい》。少《すこ》し引《ひ》っ込《こ》み思《じ》案《あん》な、一《いっ》見《けん》普《ふ》通《つう》の女《おんな》の子《こ》。通《つう》学《がく》電《でん》車《しゃ》の中《なか》で見《み》かける“ハル”に片《かた》想《おも》い中《ちゅう》。

春《はる》川《かわ》彼方《かなた》（ハル）

東高《ひがしこう》２年《ねん》生《せい》の男《おとこ》の子《こ》。まわりには“ハル”と呼《よ》ばれている。ある朝《あさ》、突《とつ》然《ぜん》ユウナの部《へ》屋《や》にあらわれて…!?

奈々《なな》

東高《ひがしこう》1年生《ねんせい》。雑誌《ざっし》のモデルをするくらいすごくかわいい女《おんな》の子《こ》。気《き》が強《つよ》い。ハルのことが中学《ちゅうがく》の頃《ころ》からずっと好《す》き。

岡崎智明《おかざきともあき》（トモ）

ユウナのクラスメイト。バスケ部《ぶ》の部長《ぶちょう》。彼《かれ》がめあてで、体育館《たいいくかん》に集《あつ》まる女子《じょし》の集団《しゅうだん》がいるくらい人気《にんき》がある。

あらすじ
通《つう》学《がく》電《でん》車《しゃ》で見《み》かける
憧《あこが》れの彼《かれ》ー
彼《かれ》の名《な》前《まえ》は「ハル」ってことしか知《し》らない。
でもね、見《み》ているだけで幸《しあわ》せなんだ…
あ！
目《め》が合《あ》った！
「私《わたし》」を、知《し》られた…？
友《とも》だちにも
笑《わら》われちゃったけど、
片《かた》想《おも》いして
いるだけで
いいんだもん。

ところが、
目覚《めざ》めると…

え、ええ〜〜？

どうして
「ハル」が
私《わたし》の部屋《へや》に
いるの!?

朝《あさ》起《お》きたら片想《かたおも》いのハルが
私《わたし》のベッドで寝《ね》ていて、
しかも、なぜか、
どうしても私《わたし》の部屋《へや》から
出《で》られない。

さらに不思議《ふしぎ》なことに、
いつもの通学電車《つうがくでんしゃ》にも
ハルがいた！
でも、そっちのハルは
私《わたし》のことを知《し》らないと言《い》う。

そして、かわいい彼女《かのじょ》が
いる…？

ねえ、ハル、
いったいなにが
起《お》こってるの!?

（続《つづ》きは本文《ほんぶん》を楽《たの》しんでね♥）

1章《しょう》　いつもの朝《あさ》

……眠《ねむ》いなあ。ガタンゴトンと、ゆれる電車《でんしゃ》が余計《よけい》に眠気《ねむけ》をさそう。

あくびをかみころしながら、吊《つ》り革《かわ》をつかむ。電車《でんしゃ》の振動《しんどう》に合《あ》わせて、私《わたし》の体《からだ》もゆらゆらとゆれる。いつもより空《す》いている朝《あさ》の電車《でんしゃ》。そのぶん、居心地《いごこち》はいいんだけど。

（もう。こんな空《す》いてたんじゃ、彼《かれ》を堂々《どうどう》と見《み》られないよ）

こっそり車内《しゃない》に視線《しせん》を送《おく》る。あの人《ひと》……ハルは、どこにいるんだろう。

でも探《さが》さずにはいられない。彼《かれ》を探《さが》すのは、朝《あさ》の日課《にっか》になっていた。

（見《み》つけた）

彼《かれ》は、意外《いがい》にも私《わたし》の目《め》の前《まえ》の座席《ざせき》に座《すわ》っていた。

こんなに近《ちか》くにいたなんて。予想外《よそうがい》すぎてビックリする。

なんで気《き》がつかなかったんだろう。今日《きょう》の私《わたし》、寝《ね》ぼけすぎだ。

昨日《きのう》、遅《おそ》くまでテレビを見《み》てたのがいけなかったみたい。寝不足気味《ねぶそくぎみ》の頭《あたま》は、まだボーッとしている。

(やっぱり、カッコイイなあ)

ドキドキしながら、寝《ね》ている彼《かれ》に見《み》とれる。

長《なが》い足《あし》を投《な》げだし、うたた寝《ね》をしている彼《かれ》。色素《しきそ》の薄《うす》い髪《かみ》はサラサラで、電車《でんしゃ》の窓《まど》から入《はい》る光《ひかり》がきれいに反射《はんしゃ》している。

顔《かお》は、前髪《まえがみ》で半分《はんぶん》かくれてしまっていて、ちょっと残念《ざんねん》。

(きれいな顔《かお》、見《み》たかったな)

彼《かれ》の名前《なまえ》はハル。こないだ、彼《かれ》が友《とも》だちといっしょにいた時《とき》そう呼《よ》ばれていた。

(ハルって名前《なまえ》なんだ。どんな漢字《かんじ》を書《か》くのかな?)

ハルは東高《ひがしこう》のブレザーを着《き》ていた。ネクタイが青色《あおいろ》だから私《わたし》と同学年《どうがくねん》だと思《おも》う。

彼《かれ》のことが気《き》になりだしてから、ちょうど一年《ねん》くらい。

わかっているのは、名前《なまえ》と学校《がっこう》と学年《がくねん》だけ。たったこれだけの情報《じょうほう》。

友《とも》だちの由香《ゆか》と千佳《ちか》は、声《こえ》をかけちゃえと言《い》うけれど、そんな大胆《だいたん》な行動《こうどう》、臆病《おくびょう》な私《わたし》にはできない。

(いいんだ。見《み》てるだけで幸《しあわ》せだもん)

腕組《うでぐ》みをして、眠《ねむ》っているハル。

ハルが寝《ね》てるのをいいことに、私《わたし》はじっと彼《かれ》を見《み》つめる。

いつもはチラッとしか見《み》られないから、ハルをゆっくり見《み》られるチャンスだ。

スヤスヤと私《わたし》の目《め》の前《まえ》で寝《ね》ているハル。いくら見《み》ていても、飽《あ》きない。

むしろ、ずっと見《み》ていたい。

(私《わたし》、彼《かれ》が気《き》になる。話《はな》したこともないのに)

彼《かれ》の見《み》た目《め》が好《す》き？　雰囲気《ふんいき》が好《す》き？

こんな気持《きも》ちになったのは初《はじ》めてで、よくわからない。

これって、いわゆる「恋《こい》」なのかなあ。

彼《かれ》を毎日《まいにち》、見《み》たいと思《おも》う。彼《かれ》を見《み》ることができない日《ひ》は、すごくガッカリしてしまう。

ハルの存在《そんざい》が私《わたし》の一日《にち》の機嫌《きげん》を左右《さゆう》するほど、大《おお》きなものになっている。

少《すこ》し開《ひら》いた窓《まど》から風《かぜ》が吹《ふ》いて、ハルの前髪《まえがみ》をさらりとゆらした。

長《なが》い前髪《まえがみ》の間《あいだ》から、閉《と》じられたまぶたが見《み》える。男《おとこ》の子《こ》なのに、うっとりするほどまつ毛《げ》が長《なが》い。

その時《とき》、次《つぎ》の駅名《えきめい》をアナウンスが告《つ》げた。瞬間《しゅんかん》、ハルのまぶたが開《ひら》いてしまった。

ハルと私《わたし》の視線《しせん》が重《かさ》なり合《あ》う。ハルの瞳《ひとみ》に、私《わたし》の姿《すがた》が映《うつ》りこんでいる。

(ええっ!?)

思《おも》いがけない事態《じたい》に動揺《どうよう》してしまう。とっさにバッと目《め》をそらし、あわてて電車《でんしゃ》を降《お》りた。

心臓《しんぞう》が、すごい速《はや》さで高鳴《たかな》っている。

どうしよう。思《おも》いっきり目《め》が合《あ》っちゃったよ。

ハルの切《き》れ長《なが》の目《め》が、私《わたし》を見《み》ていたことにドキドキしてしまう。

(うわあ。私《わたし》、ハルに見《み》られちゃった)

憧《あこが》れの人《ひと》に、「私《わたし》」という存在《そんざい》を見《み》てもらえた……。「私《わたし》」を、知《し》られた……?

「……で、ここはどこなの?」

私《わたし》の降《お》りる駅《えき》はまだ先《さき》なのに、見知《みし》らぬ場所《ばしょ》でポツンと一人《ひとり》立《た》っている。

さっきのことにビックリしてしまって、思《おも》わず電車《でんしゃ》を降《お》りてしまった。

(遅刻《ちこく》、決定《けってい》)

「……私《わたし》、なにやってるんだろう」

つぶやいた声《こえ》に誰《だれ》も答《こた》えてはくれなくて、空《そら》へ続《つづ》くような長《なが》い線路《せんろ》だけが目《め》の前《まえ》へ私《わたし》の未来《みらい》のように続《つづ》いていた。

「ユウナってばおバカ〜。そんなことで遅刻《ちこく》するんじゃないよ！」

お昼休《ひるやす》み。ドーナツを食《た》べながら千佳《ちか》が私《わたし》を見《み》てあきれている。その隣《となり》で由香《ゆか》はクスクス笑《わら》っていた。

結局《けっきょく》、私《わたし》は二限《げん》目《め》の終《お》わりに登校《とうこう》した。遅刻《ちこく》したせいで担任《たんにん》の先生《せんせい》にバッチリ叱《しか》られてしまった。

「だって、まさか目《め》が合《あ》うなんて思《おも》わなかったんだもん。今《いま》まで、そんなチャンスなかったし」

「ふふ。そのハルって子《こ》もビックリしただろうね。目《め》を開《あ》けたら知《し》らない女子《じょし》が目《め》の前《まえ》でガン見《み》してたんだから」

千佳《ちか》が笑《わら》いながら二《ふた》つ目《め》のシュガーレイズドを頬張《ほおば》った。

「もうさあ、そんな好《す》きなら告白《こくはく》しちゃえばよくない？」

「由香《ゆか》の新《あたら》しい彼《かれ》、そのハルって人《ひと》と同《おな》じ東高《ひがしこう》だよ？　由香《ゆか》、ハルのこと聞《き》いてみようか？」

「え！　い、いいよいいよ」

「え〜。でもさ」

「いいから、私《わたし》は見《み》てるだけで幸《しあわ》せなの！」

不満《ふまん》げな千佳《ちか》と由香《ゆか》を無視《むし》して、私《わたし》もドーナツを食《た》べた。ドーナツは甘《あま》くて美味《おい》しくて、口《くち》の中《なか》でふんわり広《ひろ》がっていった。まるで、今《いま》の私《わたし》の気持《きも》ちみたいだ。

「ユウナって、彼氏《かれし》いそうなのに意外《いがい》だよね」

「ほっといてください」

なぜか、彼氏《かれし》がいそうだと誤解《ごかい》される私《わたし》。本当《ほんとう》はそんなことないのに……。

実際《じっさい》の私《わたし》は、臆病《おくびょう》でいつもビクビクして。友《とも》だちがいないとなんにもできない。

こんな私《わたし》に、彼氏《かれし》なんてできるわけがないんだ。


二人《ふたり》の話《はなし》を聞《き》きながして、私《わたし》がラスト一個《いっこ》のドーナツを食《た》べようとした、その時《とき》。

「はい没収《ぼっしゅう》～」

後《うし》ろから突然《とつぜん》あらわれた手《て》が、サッと私《わたし》からドーナツをうばった。

「えっ！　な、なにっ!?」

「森下《もりした》、今日《きょう》遅刻《ちこく》したから罰《ばつ》な」

いつの間《ま》に後《うし》ろにいたんだろう。クラスメイトの岡崎《おかざき》くんが、私《わたし》のドーナツを食《た》べはじめた。

ぺろり、と。あっという間《ま》にドーナツを食《た》べてしまった。

「ひどい。最後《さいご》の一個《いっこ》だったのに」

「森下《もりした》さあ……ハルってヤツに見《み》とれて、遅刻《ちこく》したんだって？」

「お、岡崎《おかざき》くん。聞《き》いてたの？」

私《わたし》の顔《かお》は、きっと耳《みみ》まで赤《あか》くなっているだろう。

「あんな大《おお》きな声《こえ》で話《はな》してたらいやでも聞《き》こえるよ」

「えっ!?」

「あははは！　その顔《かお》！　ドーナツごちそうさま」

岡崎《おかざき》くんは私《わたし》を見《み》て笑《わら》うと、手《て》をヒラヒラと振《ふ》った。

「岡崎《おかざき》〜！　体育館《たいいくかん》いこうぜ」

岡崎《おかざき》くんは、呼《よ》びにきたバスケ部《ぶ》の仲間《なかま》といっしょに教室《きょうしつ》を出《で》ていってしまった。

「岡崎《おかざき》ってさあ。絶対《ぜったい》ユウナのこと気《き》に入《い》ってるよね」

「由香《ゆか》も思《おも》った。岡崎《おかざき》、やたらユウナにからんでくるもん」

「さっきも、ハルの話《はなし》してる間《あいだ》、ずっとこっち見《み》てたよ」

「や、やめてよ！　岡崎《おかざき》くんはただふざけてるだけだって」

まったく。勝手《かって》にヘンな想像《そうぞう》して私《わたし》をからかうの、やめてほしい。

「でも、もったいないよねえ。岡崎《おかざき》、ああ見《み》えてけっこうモテるんだよ？」

「だから、やめてってば！　岡崎《おかざき》くんのこと好《す》きな女子《じょし》に聞《き》かれたら……」

岡崎《おかざき》くんは、バスケ部《ぶ》のレギュラーだ。部活中《ぶかつちゅう》に、彼《かれ》をめあてに集《あつ》まっている女子《じょし》の集団《しゅうだん》がいることも知《し》っている。

「……森下《もりした》さん」

「ひゃ!?」

もしかして、さっそく岡崎《おかざき》くんのファンが私《わたし》に苦情《くじょう》を言《い》いにきたの？

おそるおそる振《ふ》りかえると、そこには同《おな》じクラスの水島《みずしま》さんが立《た》っていた。

腰《こし》まである長《なが》い黒髪《くろかみ》。白《しろ》を通《とお》りこして青《あお》に近《ちか》い、透《す》きとおるような肌《はだ》。水島《みずしま》さんとは全然話《ぜんぜんはな》したことないけど、なんの用《よう》だろう。

「み、水島《みずしま》さん。どうしたの？　私《わたし》になにか用《よう》？」

「……おもしろいもの、憑《つ》けてるのね」

「え？」

それだけ言《い》うと、水島《みずしま》さんはさっさと自分《じぶん》の席《せき》に戻《もど》ってしまった。

水島《みずしま》さんとしゃべったのは、これが初《はじ》めてだ。けど、初《はつ》の会話《かいわ》にしては、謎《なぞ》すぎる。

「水島《みずしま》さんって美人《びじん》だけど、変《か》わってるよね。無口《むくち》だし」

「ちょっと、聞《き》こえるよ！」

二人《ふたり》をたしなめて、後《うし》ろの席《せき》の水島《みずしま》さんをチラリと見《み》る。水島《みずしま》さんは何事《なにごと》もなかったかのように読書《どくしょ》をしていた。

さっきの言葉《ことば》、なんだったんだろ？　水島《みずしま》さんは美人《びじん》だけど、不思議《ふしぎ》な人《ひと》だ。

気《き》にするのをやめにして午後《ごご》の授業《じゅぎょう》の準備《じゅんび》をした。


放課後《ほうかご》は、千佳《ちか》と由香《ゆか》といっしょにカラオケにいってから帰宅《きたく》した。

いつもとなんら変《か》わりない、私《わたし》の放課後《ほうかご》の風景《ふうけい》。

ママの作《つく》った夕飯《ゆうはん》を食《た》べて、お風呂《ふろ》に入《はい》って、ベッドに横《よこ》になる。

ここまでは、いつもと同《おな》じ。でも、今日《きょう》はちがう。

目《め》を閉《と》じると、まぶたの裏《うら》にハルの澄《す》んだ瞳《ひとみ》が浮《う》かぶ。まるで晴《は》れた日《ひ》の青空《あおぞら》みたいに、ハルの目《め》は透《す》きとおるように美《うつく》しかった。

眠《ねむ》りそうになると、彼《かれ》の眼差《まなざ》しが浮《う》かんでは消《き》え、消《き》えては浮《う》かぶ。

私《わたし》、ハルのことが好《す》きなんだ。今日《きょう》、はっきりと自覚《じかく》した。

だって、今《いま》も心臓《しんぞう》がこんなにドキドキしている。

本当《ほんとう》は授業中《じゅぎょうちゅう》もカラオケの時《とき》も、ハルに見《み》られてからずっと、ハルのことばかり考《かんが》えていた。

一日中《にちじゅう》、ハルのことしか考《かんが》えられない。

彼《かれ》のことを考《かんが》えているだけで、あったかい感情《かんじょう》が芽生《めば》えてくる。

（……恋《こい》。これが、恋《こい》なのかな？）

私《わたし》、恋《こい》をしてるんだ。

知《し》らない誰《だれ》かを好《す》きになるって、こんなキラキラした気持《きも》ちになれるんだね。

ハルを好《す》きだと想《おも》うだけで、心《こころ》がじんわりと満《み》たされていく。

窓《まど》からはちみつ色《いろ》の三日月《みかづき》が見《み》える。恋《こい》を知《し》った私《わたし》の目《め》に、月《つき》はいつもよりきれいに映《うつ》っているような気《き》がした。

2章《しょう》　恋《こい》

カーテンの隙間《すきま》から入《はい》る日射《ひざ》しがまぶしくて、痛《いた》い。

(もう、朝《あさ》なの?)

鳴《な》りやまない目覚《めざ》まし時計《どけい》を止《と》めようとして、私《わたし》は手《て》を横《よこ》に伸《の》ばした。

「……ん?」

なんだろう。目覚《めざ》まし時計《どけい》のプラスチックの冷《つめ》たさを予想《よそう》していたのに、私《わたし》の手《て》に温《あたた》かい感触《かんしょく》が伝《つた》わった。たとえるなら、人肌《ひとはだ》、のような……。

ぼんやりした意識《いしき》のまま、手探《てさぐ》りでそれを触《さわ》る。

「……んん」

「!?」

い、今《いま》……人《ひと》の声《こえ》がしたような。

起《お》きぬけの回《まわ》らない頭《あたま》で、ゆっくりと隣《となり》へと視線《しせん》を動《うご》かす。

「…………ありえない、でしょ」

私《わたし》の隣《となり》には……隣《となり》で寝《ね》ているその人物《じんぶつ》は、どう見《み》ても、あのハルだった。

日《ひ》だまりの中《なか》、スースーと規則正《きそくただ》しい寝息《ねいき》を立《た》てている。

何度見《なんどみ》ても、まちがいない。ハルだ。電車《でんしゃ》の中《なか》の、あのハルだ。

一年間《ねんかん》もハルの姿《すがた》を追《お》っていた私《わたし》が、ハルをまちがえるはずがない。

(これは、夢《ゆめ》？　私《わたし》、まだ寝《ね》ぼけているの？)

ごしごしと何度《なんど》も目《め》をこする。

そうだよ、夢《ゆめ》だよ。だって、こんな状況《じょうきょう》ありえないもの。

とりあえず、夢《ゆめ》かどうかたしかめるために自分《じぶん》の頬《ほお》をぎゅっとつねってみた。

「痛《いた》っ！」

かなり強《つよ》くつねったから、頬《ほお》がじんじんする。はっきり言《い》って、すごく痛《いた》い。痛《いた》すぎて涙目《なみだめ》になる。

(でも。痛《いた》いってことは、夢《ゆめ》じゃないってことだよね？)

「自分《じぶん》で自分《じぶん》の頬《ほお》つねって、痛《いた》くない？」

鼻《はな》にかかった低《ひく》い声《こえ》。でも、すごくいい声《こえ》。……ハルの声《こえ》だ。

ハルが友《とも》だちといた時《とき》に一度《ど》だけしか聞《き》いたことないけど、まちがいなく、ハルの声《こえ》だ！

はちみつ色《いろ》の光《ひかり》の中《なか》に、まぎれもなくハルがいた。

これは、夢《ゆめ》？　それとも現実《げんじつ》？　しばらくの間《あいだ》、おたがい見《み》つめ合《あ》う。

どうしていいかわからない私《わたし》と、私《わたし》を見《み》つめたままなにも言《い》ってくれないハルとの間《あいだ》に沈黙《ちんもく》が続《つづ》く。

長《なが》いような短《みじか》いような時間《じかん》。その静寂《せいじゃく》を破《やぶ》ったのは、私《わたし》を呼《よ》ぶママの声《こえ》だった。

「ユウナ！　起《お》きなさい！　何時《なんじ》だと思《おも》ってるの！」

あわてて時計《とけい》を見《み》る。いつもなら、とっくに起《お》きて朝《あさ》ご飯《はん》を食《た》べている時間《じかん》だ。

トントントン。二階《かい》にママがあがってくる足音《あしおと》が近《ちか》づいてくる。

ヤバイよ！　どうしよう。こんなところママに見《み》られたら、ママ、ショックで倒《たお》れちゃうよ。

「ユウナ〜！　起《お》きてるの？」

ママが部屋《へや》の前《まえ》に立《た》つ気配《けはい》がした。私《わたし》の目《め》の前《まえ》には、何度《なんど》見《み》てもハルがいた。

私《わたし》の頭《あたま》はまっ白《しろ》でオーバーヒート状態《じょうたい》。そんな中《なか》、無情《むじょう》にもドアは開《あ》けられる。

（あああ〜〜っ！）

開《ひら》かれたドア。そこには、エプロン姿《すがた》で仁王立《におうだ》ちのママの姿《すがた》が……。

「ユウナ、ボーッとしてないで早《はや》くリビングにきなさい！　お味噌汁冷《みそしるさ》めちゃうわよ。まったく、毎朝起《まいあさお》こすママの身《み》にもなってよね」

ママはいつもどおりのセリフをつぶやき、私《わたし》の部屋《へや》から出《で》ていこうとした。

（……え？　それだけ!?）

「……えっと……ママ？」

「なあに？」

ママは、あえてハルを見《み》なかったことにしてくれてるのかな？

隣《となり》で寝《ね》そべっているハルに、視線《しせん》を投《な》げる。

「お前《まえ》の母《かあ》さん怖《こえ》ぇな」

「！」

（な、なんてこと言《い》うの!?　今《いま》のハルのつぶやき、絶対《ぜったい》ママに聞《き》こえたよ！）

「用《よう》がないなら、ママいくわよ。ちゃんと着替《きが》えて下《した》に下《お》りてきなさいね」

「う、うん……」

それだけ伝《つた》えると、ママはあっさり台所《だいどころ》に戻《もど》ってしまった。

（……どうして？　ママにはハルが、見《み》えないの？）

もう一度《いちど》、隣《となり》を見《み》る。そこには、まちがいなく私《わたし》の片想《かたおも》いの相手《あいて》、ハルがいた……。

「あの……なんで、私《わたし》の部屋《へや》にいるんですか？」

「さあ？　俺《おれ》にもわかんねえ」

ハルは白《しろ》いスウェット姿《すがた》で、長《なが》めの前髪《まえがみ》をかきあげた。

部屋着《へやぎ》みたいなラフな格好《かっこう》。今《いま》まで制服姿《せいふくすがた》しか見《み》たことないけど、そんな姿《すがた》でもハルはカッコイイなと思《おも》ってしまった。

「って言《い》うか、あんた誰《だれ》？」

「わ、私《わたし》？　私《わたし》は森下優名《もりしたゆうな》です。北山高校《きたやまこうこう》の二年生《ねんせい》です」

「ふうん。俺《おれ》は春川彼方《はるかわかなた》。東高《ひがしこう》の二年《ねん》」

ハルカワカナタ。ハルって、名字《みょうじ》だったんだ。下《した》の名前《なまえ》だと思《おも》ってたよ。

「春川《はるかわ》って、言《い》うんだ」

「そう。みんな、ハルって呼《よ》んでる」

「……ハル……」

改《あらた》めて、ハルの名前《なまえ》をつぶやいた。なんだか、宝石《ほうせき》みたいなキラキラした言葉《ことば》だ。

「……でさ。なんで俺《おれ》はここにいんのかな？　昨日《きのう》はバイトが終《お》わってから、すぐに家《いえ》に帰《かえ》って

寝《ね》たはずなんだけど」

そんなの、私《わたし》が一番《いちばん》知《し》りたい。私《わたし》だって片想《かたおも》いの相手《あいて》がベッドの中《なか》にいて、ビックリしてるんだから。

ハルと私《わたし》。ある意味《いみ》、初対面《しょたいめん》の二人《ふたり》。しばらく、無言《むごん》になってしまう。……すごく、気《き》まずい。

「とりあえず、俺《おれ》、帰《かえ》るわ」

「あ、はい」

「まあ、今回《こんかい》のことは次《つぎ》に会《あ》った時《とき》にでも話《はな》せばいいよな」

「え？」

「ユウナ、だっけ。あんたとは朝《あさ》の電車《でんしゃ》の中《なか》でよく会《あ》うし」

ハル、私《わたし》のこと知《し》ってたんだ。

こんな状況《じょうきょう》でも私《わたし》の胸《むね》は高鳴《たかな》る。私《わたし》のことを知《し》ってくれていたことが、うれしくて仕方《しかた》ない。

「それじゃ、またな」

ハルがガチャリと、ドアノブに手《て》をかけた。

「……あれ？　なんだこりゃ。開《あ》かないぞ。鍵《かぎ》でもかけてるのか？」

「え？　鍵《かぎ》は、かけてないはずだけど」

私《わたし》はハルの前《まえ》に立《た》ち、扉《とびら》を開《あ》けようとドアノブを回《まわ》した。

ドアはちゃんと、開《ひら》いた。

でも、ハルが開《あ》けようとすると、扉《とびら》はまるで鍵《かぎ》がかかったようにビクともしない。

「おっかしいなあ？」

困惑《こんわく》した表情《ひょうじょう》のハルが、私《わたし》が開《あ》けたドアの外《そと》へ一歩《いっぽ》踏《ふ》みだそうとしたけど、なぜか、そこから先《さき》に進《すす》めない。

「やっぱり、出《で》られねえ」

まるで空気《くうき》の壁《かべ》でもあるように、ハルはこの部屋《へや》から出《で》ることができなかった。

(いったい、なにが起《お》こっているの？)

朝起《あさお》きたら片想《かたおも》いのハルが私《わたし》のベッドで寝《ね》ていて、しかも、そのハルは私《わたし》の部屋《へや》から出《で》られない。

「これって、やっぱり夢《ゆめ》なのかな？」

「夢《ゆめ》じゃねえよ、バーカ！」

あきれたように私《わたし》を見《み》つめるハルにデコピンをされ、その痛《いた》みにこれが夢《ゆめ》じゃないってことを自覚《じかく》させられた。

「出《で》られないんなら仕方《しかた》ないしな。俺《おれ》、今日《きょう》はここで寝《ね》てるわ」

ハルは気《き》にした様子《ようす》もなく、またスヤスヤ私《わたし》のベッドで眠《ねむ》ってしまった。

ママもハルが見《み》えてないみたいだし、とりあえず学校《がっこう》へいこう。なんて、私《わたし》は割《わ》りきってしまった。

結局《けっきょく》。朝《あさ》ごはんを食《た》べることができなかったけれど、ギリギリでいつもの電車《でんしゃ》に乗《の》ることができた。

昨日《きのう》よりは混《こ》んでるけど、電車《でんしゃ》の中《なか》はいつもと同《おな》じ風景《ふうけい》だった。

学生《がくせい》、サラリーマン、OL《オーエル》など様々《さまざま》な人《ひと》たちが、この電車《でんしゃ》に乗《の》っている。唯一《ゆいいつ》ちがうのは、私《わたし》の環境《かんきょう》。

どうして、私《わたし》の部屋《へや》にハルがいるの？

さっきから私《わたし》の頭《あたま》の中《なか》は、ハルのことでグルグルしている。

ママにそれとなく聞《き》いてみたけど、やっぱりハルの姿《すがた》は見《み》えないみたいだ。

「ママ。私《わたし》の部屋《へや》に男《おとこ》の子《こ》、いなかった？」

「やだ！　幽霊《ゆうれい》？　朝《あさ》から怖《こわ》いこと言《い》わないでちょうだい！」

なんて、叱《しか》られてしまったけど、ママは嘘《うそ》がつけないタイプだから、とぼけてなんていないはず。

もしかして、ハルは、私以外《わたしいがい》に見《み》えないの？

わ、私《わたし》がハルのことが好《す》きすぎて、夢《ゆめ》を見《み》てるなんてこと、ないよね？

由香《ゆか》たちに部屋《へや》にきてもらって、ハルのこと見《み》てもらおうかな。

(でも今日《きょう》は、ホント混《こ》んでるなあ)

昨日《きのう》と変《か》わり、息《いき》をするのがやっとの混《こ》み具合《ぐあい》だ。

(……ん？)

突然《とつぜん》、私《わたし》の体《からだ》をおかしな感覚《かんかく》がおそった。なんだか、お尻《しり》のあたりに違和感《いわかん》が……。

こ、これって、考《かんが》えたくないけど。もしかしてチカン!?

そう意識《いしき》した瞬間《しゅんかん》、ぞっと、鳥肌《とりはだ》が立《た》った。

(誰《だれ》か、助《たす》けてっ！)

「おい、オッサン」

後《うし》ろから、誰《だれ》かが割《わ》りこんでくる気配《けはい》がした。人混《ひとご》みを無理矢理《むりやり》かきわけ、私《わたし》の場所《ばしょ》まできてくれる。

「いい年《とし》して、チカンなんかしてんじゃねーよ」

……誰《だれ》かが、助《たす》けて、くれた……？

でも、この声《こえ》って、どこかで聞《き》きおぼえがあるような気《き》がする。

「……ハル？」

私《わたし》の目《め》の前《まえ》には、サラリーマンの腕《うで》をひねりあげているハルの姿《すがた》があった。

「ぼ、僕《ぼく》はチカンなんかしてないぞ！」

「じゃあ、この手《て》はなんだよ　ああ？」

ハルがサラリーマンをギロリとにらみつけた。

「ほら、コイツに謝《あやま》れよ」

「クソッ！」

「あ！　テメ待《ま》てコラァ！」

サラリーマンはハルを思《おも》い切《き》り突《つ》きとばすと、タイミングよく開《ひら》いたドアから出《で》ていってしまった。

「大丈夫《だいじょうぶ》かよ」

「こ、怖《こわ》かったぁ」

心配《しんぱい》そうにハルがのぞきこんでくる。その顔《かお》を見《み》ていると、なんだかすごく安心《あんしん》して涙《なみだ》があふれた。

安堵《あんど》したせいか、今《いま》まで氷《こおり》のように冷《つめ》たかった私《わたし》の体《からだ》に温《あたた》かさが戻《もど》ってくる。

「ハルがきてくれて、よかった」

「うわ、ちょっと！」

「……うっ……うぅ……」

泣《な》きだした私《わたし》を見《み》て、ハルがあわてた。

「はあ？　これじゃ、俺《おれ》が悪《わる》いみてえじゃん！」

「ご、ごめんなさい。ハルの顔《かお》を見《み》てたらなんか安心《あんしん》しちゃって」

「……………」

「ハル？」

「あんた、なんで俺《おれ》の名前《なまえ》知《し》ってんの？」

涙《なみだ》で濡《ぬ》れた目《め》をこすりながら、私《わたし》は顔《かお》をあげた。

そこには、いつものように東高《ひがしこう》のブレザーを着《き》た、ハルがいた。

「ハル、じゃないの？」

「ああ。俺《おれ》は、春川《はるかわ》だよ」

「そう言《い》えば、ハル、なんでここにいるの？　私《わたし》の部屋《へや》から出《で》られたの？」

「あんたさあ。さっきから、マジなんなの？」

イラついた感《かん》じで、くしゃっと長《なが》い前髪《まえがみ》をかきあげるハル。

するどく細《ほそ》められた瞳《ひとみ》が、少《すこ》しだけ怖《こわ》い。

「俺《おれ》、あんたのことなんて、知《し》らないし。俺《おれ》らさあ、知《し》り合《あ》いじゃねえよな」

ハルの目《め》が、更《さら》にきつくなる。

「チカンにあって混乱《こんらん》してるのはわかるけど、なれなれしく俺《おれ》の名前《なまえ》、呼《よ》ばないでくれる？」

電車《でんしゃ》のアナウンスが、次《つぎ》の駅名《えきめい》を告《つ》げた。それを合図《あいず》に、乗客《じょうきゃく》が動《うご》きだす。

「そういうの、気持《きも》ち悪《わる》い」

それだけ言《い》うと、ハルは私《わたし》を置《お》いてさっさと電車《でんしゃ》から降《お》りていった。

……気持《きも》ち悪《わる》いって……私《わたし》のこと？

目《め》の前《まえ》で、ドアが閉《し》まる。電車《でんしゃ》は私《わたし》を乗《の》せたまま、ゆっくりと動《うご》きだした。

3章《しょう》 春川《はるかわ》 彼方《かなた》

「ハル!? ハル！ いるの？」

結局《けっきょく》、私《わたし》は学校《がっこう》にいかずに自宅《じたく》へ戻《もど》ってきた。

ママはこの時間《じかん》パートにいってるから、家《いえ》には誰《だれ》もいない。

階段《かいだん》を駆《か》けあがり自分《じぶん》の部屋《へや》のドアをいきおいよく開《ひら》く。

「ハルッ！」

ソファーに横《よこ》たわっていたハルは、私《わたし》の大声《おおごえ》に反応《はんのう》し、むくりと起《お》きあがった。

「うるせえ」

「よかった！ ハル、いたんだ」

「いるけど。お前《まえ》さ、帰《かえ》ってくんの早《はや》くない？ まだ十時《じ》だぜ？」

「あのね、さっきハルがいたの！」

「は？」

「だから、電車《でんしゃ》の中《なか》にハルがもう一人《ひとり》いたの！」

「……意味《いみ》わかんねえし」

ハルはふわあと大《おお》きなあくびを一《ひと》つすると、私《わたし》の頭《あたま》をコツンと小突《こづ》いた。

「痛《いた》い！」

「寝《ね》ぼけてんじゃねえよ。俺《おれ》が二人《ふたり》いたとか、ねーし。俺《おれ》はずっとここにいたよ」

「だって、東高《ひがしこう》の制服《せいふく》着《き》てたもん。顔《かお》も同《おな》じだったよ！」

「俺《おれ》に似《に》た、別人《べつじん》じゃねえの？」

「ちがうよ！　ちゃんと、自分《じぶん》は『ハル』だって認《みと》めてたし。ねえ、ハル。ハルは、双子《ふたご》じゃないよね？」

「なわけあるか。バカじゃねえの」

ハルがあきれたように私《わたし》を見《み》つめる。

「でも、本当《ほんとう》にいたんだもん」

……私《わたし》に、「気持《きも》ち悪《わる》い」って、言《い》ったんだもん……。

「それ、マジか？」

「うん」

「本当《ほんとう》に、本当《ほんとう》か？」

「う、うん」

「……わかった」

腕組《うでぐ》みをしながら、首《くび》をかしげるハルを、不安《ふあん》そうに私《わたし》はながめた。

「この状態自体《じょうたいじたい》、ありえないもんな。部屋《へや》から出《で》られねえ、なんて」

かたわらのぬいぐるみを抱《だ》きながら、ハルがふむと首《くび》をかしげた。

「で、そのもう一人《ひとり》の俺《おれ》はなにしてたの？」

「普通《ふつう》に、登校《とうこう》してたよ」

窓《まど》の外《そと》を見《み》ながら、ハルは軽《かる》くため息《いき》をついた。

「いったい、俺《おれ》になにが起《お》こってんだ？　……ダメだ。考《かんが》えても、さっぱりわかんねえ」

ハルはイライラしたように、こめかみを押《お》さえた。

「お前《まえ》、なにかわかるか？」

「わかんない」

「だろーな」

そうつぶやくと、ハルはぬいぐるみに話《はな》しかけた。

「なあ番長《ばんちょう》。俺《おれ》が二人《ふたり》いるんだってさ。ありえねえよなあ？」

「ちょっと、私《わたし》のぬいぐるみに勝手《かって》に名前《なまえ》つけないでよ！」

「いいじゃねえか。なんか、こいつ番長《ばんちょう》って感《かん》じすんだよなあ。番長《ばんちょう》ー」

番長《ばんちょう》と一方的《いっぽうてき》に命名《めいめい》された私《わたし》のぬいぐるみの手《て》をとると、ハルはくいくいと番長《ばんちょう》を動《うご》かした。

そのかわいい仕草《しぐさ》に、思《おも》わずきゅんと、ときめいてしまう自分《じぶん》がいる。

「ね、ねえ。ハル、お腹《なか》すかない？　朝《あさ》から、なにも食《た》べてないんでしょ」

「……ん～。いいや。いらねえ」

ハルはそっ気《け》なくそう言《い》うと、再《ふたた》び私《わたし》のソファーに横《よこ》になった。

「頭使《あたまつか》いすぎたから、寝《ね》る」

布団《ふとん》もかけずに、ハルは番長《ばんちょう》を抱《だ》きしめながら寝《ね》ようとした。

「でも、なにか食《た》べた方《ほう》がいいよ。あ、あったかい飲《の》み物《もの》とかどうかな？」

「……いいよ。気持《きも》ちだけもらっとく。おやすみ」

眠《ねむ》ってしまったのか、目《め》を閉《と》じるとそれきりハルはしゃべらなくなった。

私《わたし》は勉強机《べんきょうづくえ》の椅子《いす》に座《すわ》り、さっきまでのことを思《おも》い出《だ》す。

部屋《へや》にいるハルと、電車《でんしゃ》の中《なか》のハル。

どっちが本当《ほんとう》の、ハル？　……どっちも、本当《ほんとう》のハル。

ハルが二人《ふたり》もいるなんて、私《わたし》にも、わけがわからない。

「気持《きも》ち悪《わる》い」って、好《す》きな人《ひと》から、一番《いちばん》言《い》われたくない言葉《ことば》だ。てっきり、私《わたし》が知《し》ってるハルだと思《おも》ってたから、余計《よけい》に哀《かな》しかった。

でも、この部屋《へや》にいるハルは、優《やさ》しい。口《くち》は悪《わる》いけど、私《わたし》をちゃんと見《み》てくれてる気《き》がする。

なにより、私《わたし》のことを知《し》ってるって言《い》ってくれた。

隣《となり》からハルのおだやかな寝息《ねいき》が聞《き》こえてきて、思《おも》わず笑《わら》ってしまう。

なんだか、かわいい。

不思議《ふしぎ》だな。大好《だいす》きな人《ひと》が、ずっと恋《こい》してた人《ひと》が、私《わたし》の部屋《へや》にいる。まるで、夢《ゆめ》みたい。

「これって、喜《よろこ》んでいいのかなあ」

手《て》が届《とど》かないと思《おも》っていた憧《あこが》れの彼《かれ》が、自分《じぶん》の部屋《へや》にいる。私《わたし》を見《み》てくれて、普通《ふつう》に話《はな》してくれる。……そして。彼《かれ》は、もう一人《ひとり》いる。

私《わたし》の部屋《へや》と、この部屋《へや》の外《そと》。別々《べつべつ》に存在《そんざい》している。不思議《ふしぎ》すぎて、なにも考《かんが》えつかない。

なのに、いつもどおりママと夕食《ゆうしょく》をともにし、お風呂《ふろ》に入《はい》って、気《き》がつけばベッドの中《なか》だ。

隣《となり》のソファーを見《み》れば、ハルがブランケットに包《つつ》まれてすうすう寝息《ねいき》を立《た》てていた。

今日《きょう》は疲《つか》れてたせいもあって、そのまま深《ふか》い眠《ねむ》りに落《お》ちていってしまった。

同《おな》じ空間《くうかん》にいるハルを意識《いしき》してしまって、私《わたし》は布団《ふとん》をガバッと被《かぶ》った。

でも、夢《ゆめ》なら覚《さ》めたくないくらい、幸《しあわ》せな夢《ゆめ》だなあ。

好《す》きな人《ひと》が同《おな》じ部屋《へや》で寝《ね》ている状況《じょうきょう》だなんて、夢《ゆめ》の延長《えんちょう》かもしれない。

(寝顔《ねがお》もカッコイイなんて、ずるい)

……そして、朝《あさ》。

「〰〰〰ッ！」

目《め》を開《あ》けると、隣《となり》にはスヤスヤ眠《ねむ》るハルの端整《たんせい》な顔《かお》。

私《わたし》のベッドの中《なか》に、昨日《きのう》の朝《あさ》と同《おな》じようにハルがいた。

大好《だいす》きな人《ひと》の寝顔《ねがお》を見《み》て、私《わたし》の眠気《ねむけ》もどこかに吹《ふ》きとんでしまう。

至近距離《しきんきょり》すぎて、ハルの寝息《ねいき》が私《わたし》の頬《ほお》にかかる。

「ハ、ハル！　な、なんで私《わたし》のベッドにいるの!?」

「……んあ？　……はよ」

「おはよう。……じゃなくって！　昨日《きのう》はソファーで寝《ね》てたじゃない。どうして、私《わたし》のベッドで

眠《ねむ》ってるのよ～！」

ハルは、ふあ。とあくびをすると、眠《ねむ》そうな顔《かお》で私《わたし》を見《み》た。

「知《し》らねえよ。気《き》づいたら、お前《まえ》のベッドにいたんだって。おっかしいな～。そっちいった記《き》憶《おく》ないんだけど」

不《ふ》思《し》議《ぎ》そうに首《くび》をかしげるハル。

もしかして、無《む》自《じ》覚《かく》？　心《しん》臓《ぞう》に悪《わる》いから、いっしょに寝《ね》るとかやめてほしい。

私《わたし》は、ママに呼《よ》ばれる前《まえ》に着《き》替《が》えを持《も》って階《かい》段《だん》を下《お》りた。

朝《あさ》ご飯《はん》を食《た》べて、バスルームへ向《む》かう。

歯《は》をみがきながら、鏡《かがみ》に映《うつ》る自《じ》分《ぶん》を見《み》た。

昨日《きのう》の私《わたし》とまったく変《か》わらない私《わたし》が、そこにいる。

あんな出来事《できごと》があったようには、思《おも》えない。

「学校《がっこう》、いかなきゃ」

電車《でんしゃ》に乗《の》るのが、少《すこ》しだけ憂鬱《ゆううつ》だった。

それは、チカンにあったせいもあるけど。ハルに会《あ》うのが、怖《こわ》かった。

私《わたし》の部屋《へや》にいるハルと、電車《でんしゃ》の中《なか》にいるハル。

……まだ、私《わたし》のこと『気持《きも》ち悪《わる》い』って思《おも》ってるのかな。

好《す》きな人《ひと》からあんな風《ふう》に言《い》われたら、傷《きず》つくし、気《き》になってしまう。

でも、学校《がっこう》へいくには電車《でんしゃ》に乗《の》らないといけない。

私《わたし》は重《おも》い気持《きも》ちを抱《かか》えたまま、玄関《げんかん》の扉《とびら》を開《あ》けた。


いつもの車両《しゃりょう》。いつもの、車内《しゃない》。私《わたし》の視界《しかい》に、ハルが、いる。

でも、彼《かれ》は私《わたし》の知《し》っているハルじゃない。

部屋《へや》にいるハルとちがう、別《べつ》の存在《そんざい》。

そう思《おも》うと、胸《むね》がきゅうっと苦《くる》しくなった。

ハルは、同《おな》じ車内《しゃない》にいるのにすごく遠《とお》くて。とても、遠《とお》くて。

自分《じぶん》が空気《くうき》になったみたいだ。

部屋《へや》にいるハルは、まっすぐ私《わたし》を見《み》つめてくる。けど、目《め》の前《まえ》のハルの視界《しかい》に、私《わたし》が映《うつ》ることはない。私《わたし》は唇《くちびる》をかみしめ、吊《つ》り革《かわ》につかまる腕《うで》に力《ちから》をこめた。


「……あの、ね。二人《ふたり》とも。今日《きょう》、私《わたし》の家《いえ》にこない？」

放課後《ほうかご》、私《わたし》は千佳《ちか》と由香《ゆか》に声《こえ》をかけた。

「突然《とつぜん》、ごめんね。二人《ふたり》が見《み》たいって言《い》ってた、DVD《ディーヴィディー》を借《か》りたからいっしょにどうかなって」

「いくいく！　DVD《ディーヴィディー》みんなで見《み》たい〜！」

そうと決《き》まれば、コンビニでお菓子《かし》を買《か》って、みんなで私《わたし》の家《いえ》へ向《む》かう。

私《わたし》は、千佳《ちか》と由香《ゆか》を連《つ》れていく。ハルがいる、あの部屋《へや》に。

「おっじゃましま〜す！」

ママは仕事《しごと》からまだ帰《かえ》っていなかった。二人《ふたり》を玄関《げんかん》に通《とお》し、階段《かいだん》をあがって私《わたし》の部屋《へや》へいく。

ドアの前《まえ》。一瞬《いっしゅん》、開《ひら》くのをためらう。

もし、ハルが二人《ふたり》に見《み》えたら？　……見《み》えなかったら？

私《わたし》はどうするんだろう。自分《じぶん》でもわからない。

「誰《だれ》かいたらどうする〜？　男子《だんし》とかっ！」

千佳《ちか》と由香《ゆか》がふざけ合《あ》いながら、私《わたし》の部屋《へや》のドアを開《あ》ける。

私《わたし》はなんだか怖《こわ》くなってきて、ぎゅっと固《かた》く目《め》をつぶった。

「な〜んだ。誰《だれ》もいないじゃん」

「だよね、ユウナだもん。男子《だんし》なんているわけないよね」

……誰《だれ》も、いない？

二人《ふたり》の声《こえ》に、おそるおそる目《め》を開《あ》ける。

でも、私《わたし》の部屋《へや》には……ちゃんと、ハルがいた。

「とりあえずDVD《ディーヴィディー》見《み》よっか？」

やっぱり。ハルは、私以外《わたしいがい》に見《み》えないんだ。

「なにこの人《ひと》たち、ユウナの友《とも》だち？　へえ、けっこうかわいいじゃん」

ぼうっとしていた私《わたし》に、いきなりハルが話《はな》しかけてきた。

「由香《ゆか》、ジュースに氷入《こおりい》れたい〜っ！」

「は？　ユウナに下《した》までとりにいかせる気《き》？　いいから、そのまま飲《の》みなさい！」

「なんか、おもしろいな。コイツら」

ハルが由香《ゆか》と千佳《ちか》のやりとりをながめながら、くすりと笑《わら》った。どうやら、二人《ふたり》にハルの声《こえ》は聞《き》こえていないようだ。

お菓子《かし》とお茶《ちゃ》をテーブルに置《お》いて、さっそくDVD《ディーヴィディー》を視聴《しちょう》する。ハルも、楽《たの》しそうにベッドからこっちを見《み》てきた。

「あー。この映画《えいが》、俺《おれ》も見《み》たかったんだよな」

ハルがうれしそうに声《こえ》をあげた。かなり大《おお》きな声《こえ》なのに、由香《ゆか》と千佳《ちか》には、ハルの声《こえ》は聞《き》こえてないようだ。

〜♪〜〜♪〜〜♪

突然《とつぜん》、由香《ゆか》の携帯《けいたい》が鳴《な》りひびく。

「あ。キョーちゃんからだ」

由香《ゆか》はかわいくデコッたピンクの携帯《けいたい》を手《て》にとった。

もしもし〜？　と、うれしそうに彼氏《かれし》と会話《かいわ》をはじめる。

もれきこえる会話《かいわ》の内容《ないよう》で、由香《ゆか》と彼氏《かれし》の親密《しんみつ》さが伝《つた》わってくる。

「由香《ゆか》の新《あたら》しい彼氏《かれし》って、なんていう名前《なまえ》なの？　東高《ひがしこう》だっけ？」

「吉沢恭介《よしざわきょうすけ》っ！　キョーちゃんだよ」

由香《ゆか》の言葉《ことば》に、ハルはガバッとベッドから起《お》きあがった。

なにか言《い》いたげに、由香《ゆか》をじっと見《み》つめている。

（ハルの知《し》ってる人《ひと》なのかなあ）

「そうだ、ユウナ。岡崎《おかざき》のことどうなのよ？」

「どうって？」

「どうって、彼氏《かれし》にってことよ！　あの態度《たいど》、絶対岡崎《ぜったいおかざき》はユウナに気《き》があるって」

「ええ！　やめてよ！　そんなことあるワケないじゃない」

冷《ひ》や汗《あせ》をかきながら、ちらりと後《うし》ろにいるハルを見《み》たら、不自然《ふしぜん》なくらい、ぱっと視線《しせん》を外《はず》された。

（ハル、今《いま》の聞《き》いてたよね。変《へん》な風《ふう》に思《おも》われてなきゃいいけど）

ちょうどＤＶＤ《ディーヴイディー》を見終《みお》わった頃《ころ》、ママが仕事《しごと》から帰《かえ》ってきた。

「あらぁ。千佳《ちか》ちゃんと由香《ゆか》ちゃん、いらっしゃい。お久《ひさ》しぶりね〜」

由香《ゆか》と千佳《ちか》は、うちのママのお気《き》に入《い》りだ。二人《ふたり》が家《いえ》へ遊《あそ》びにきてくれたのがよっぽどうれしかったみたい。

ママは二人《ふたり》に夕食《ゆうしょく》をふるまい、次《つぎ》から次《つぎ》へと料理《りょうり》を作《つく》っていく。

（こんなに作《つく》っても、食《た》べきれないよ）

結局《けっきょく》。余《あま》ったぶんはお土産《みやげ》に持《も》たせられて、二人《ふたり》は帰《かえ》っていった。


「なあ」

みんなが帰《かえ》ってしまった後《あと》、私《わたし》がお風呂《ふろ》からあがって鏡《かがみ》を見《み》ながら髪《かみ》をかわかしていると、急《きゅう》にハルが話《はな》しかけてきた。

後《うし》ろを向《む》かなくても、鏡《かがみ》に映《うつ》るハルの姿《すがた》が見《み》える。

その真剣《しんけん》な顔《かお》つきに、思《おも》わずドキッとしてしまう。

「岡崎《おかざき》って、誰《だれ》？」

「え？　ああ。クラスメイトだよ」

「ふうん。どんなヤツ？」

「うーん。岡崎《おかざき》くんは、いつも私《わたし》のことからかったり、こないだなんか、食《た》べようとしたドーナツとられたりしたよ。大好《だいす》きなドーナツだったのになあ」

「その岡崎《おかざき》ってヤツさ、絶対《ぜったい》お前《まえ》のこと好《す》きだぜ」

唐突《とうとつ》なハルの言葉《ことば》に動揺《どうよう》してしまう。

「は？　そんなことあるわけないよ！　岡崎《おかざき》くんはカッコイイし、人気《にんき》だってすごくあるし、私《わたし》なんかが……」

「あーもういい。わかった」

ハルは不貞腐《ふてくさ》れたように、かたわらの番長《ばんちょう》をぎゅっと抱《だ》きしめた。

そうして、拗《す》ねたような表情《ひょうじょう》をしたと思《おも》ったら、再《ふたた》び私《わたし》へと向《む》き直《なお》る。

「たのみが、あるんだけど」

真正面《ましょうめん》からハルと見《み》つめ合《あ》う。やっぱりカッコイイな。なんて、心臓《しんぞう》がドキドキと高鳴《たかな》った。

「さっきの、あの子《こ》。なんだっけ。ふわふわな感《かん》じの……」

「あ、由香《ゆか》のこと？」

「由香《ゆか》って言《い》うのか。その子《こ》の彼氏《かれし》の、恭介《きょうすけ》ってヤツ。たぶん、俺《おれ》の友《とも》だちだ」

「そうなの!?」

「ああ、前《まえ》に部活《ぶかつ》が同《おな》じでさ」

そうだったんだ。だから、あんなに反応《はんのう》してたんだね。

「まさか、恭介《きょうすけ》の彼女《かのじょ》がユウナの友《とも》だちだったなんて、マジおどろいたんだけど」

ハルはドサリとソファーに腰《こし》を下《お》ろした。

「ユウナさ。俺《おれ》の学校《がっこう》にいってみる気《き》、ない？」

「えっ？」

「あの子《こ》の彼氏《かれし》、紹介《しょうかい》してもらうって感《かん》じでダメか？」

「別《べつ》に、いいけど。でも、どうして？　突然《とつぜん》、東高《ひがしこう》にいけだなんて」

「いやなんだよ」

ハルは不機嫌《ふきげん》そうに顔《かお》をしかめた。

「別《べつ》の自分《じぶん》がもう一人《ひとり》いる……なんて」

それは、そうだよね。ハルは、ちゃんとここにいるんだし……。

私《わたし》だって、別《べつ》の自分《じぶん》がもう一人《ひとり》いたら、気《き》になって仕方《しかた》ないと思《おも》うもん。

「俺《おれ》ってさ、幽霊《ゆうれい》みたいな感《かん》じなのかな。お前以外《まえいがい》、俺《おれ》のことが見《み》えないなんて、どう考《かんが》えても変《へん》じゃねえ？」

「幽霊《ゆうれい》とは、ちがうと思《おも》うよ」

だって、目《め》の前《まえ》のハルはちゃんと生《い》きている。幽霊《ゆうれい》なんかじゃない。

「頭《あたま》の中《なか》、ぐちゃぐちゃになってきた」

ハルは、ぼすんといきおいよく枕《まくら》に顔《かお》をうめた。

「わかった。明日《あした》、由香《ゆか》にたのんでみるよ。もう一人《ひとり》のハルの様子《ようす》を見《み》てくる」

「ホントか！　サンキュ」

ハルのくもった表情《ひょうじょう》が、ぱあっと明《あか》るくなった瞬間《しゅんかん》、ハルが私《わたし》に抱《だ》きついた。

（ハ、ハルが私《わたし》を抱《だ》きしめてる！）

男《おとこ》の子《こ》に抱《だ》きしめられたことなんて、初《はじ》めてだ。

しかも、片想《かたおも》いの相手《あいて》に抱《だ》きしめられて、普通《ふつう》でいられるわけがない。

ありえないくらい近《ちか》くに、ハルの顔《かお》がある。

(ど、どうしよう)

(ハル、カッコイイよお)

切《き》れ長《なが》の目《め》、高《たか》い鼻筋《はなすじ》。口角《こうかく》があがった口元《くちもと》。

ハルの全部《ぜんぶ》が好《す》き。大好《だいす》き。抱《だ》きしめられて、改《あらた》めて実感《じっかん》させられる。

ほのかに香水《こうすい》の匂《にお》いがする。それが、すごく男《おとこ》っぽくてクラクラした。

(私《わたし》……今《いま》、大好《だいす》きな人《ひと》に抱《だ》きしめられてるんだ)

ハルに触《ふ》れられるだけで、こんなにも幸《しあわ》せな気持《きも》ちになれる。

なんだか、体《からだ》がふわふわするよ。

「じゃ、明日《あした》よろしくな!」

それだけ言《い》うと、ハルはすぐに私《わたし》から離《はな》れてしまった。

ドキドキが止《と》まってホッとしたけど、なんだか少《すこ》しだけ残念《ざんねん》な気持《きも》ちになる。

ダメだ。こんなこと考《かんが》えてる場合《ばあい》じゃない。ハルは、すごく悩《なや》んでるんだよ。

私《わたし》しか、ハルの言葉《ことば》を聞《き》くことができないんだから。

ハルのためにも、私《わたし》ががんばらなきゃ。とりあえず、明日《あした》。東高《ひがしこう》にいってみよう。
こんなヤル気《き》になるなんて、自分《じぶん》でもビックリだ。
普段《ふだん》は、消極的《しょうきょくてき》なのに。
そんな自分《じぶん》に、ちょっと笑《わら》ってしまう。
ハルのたのみなら、なんでも聞《き》いてしまうくらい、私《わたし》、彼《かれ》のことが好《す》きみたいだ。

4章《しょう》

東高《ひがしこう》

「ええとね、由香《ゆか》……由香《ゆか》の彼氏《かれし》、紹介《しょうかい》してくれないかな？」

お昼休《ひるやす》み。いつもの三人《にん》で、お弁当《べんとう》を食《た》べている。

私《わたし》は昨日《きのう》のハルのたのみを由香《ゆか》に持《も》ちかけてみた。

「キョーちゃんに会《あ》いたいの？　いいよ。ユウナに紹介《しょうかい》したいって思《おも》ってたんだ」

由香《ゆか》が恭介《きょうすけ》くんに電話《でんわ》してくれたおかげで、放課後《ほうかご》、東高《ひがしこう》へいけることになった。

「ユウナさあ。ホントは由香《ゆか》の彼氏《かれし》が見《み》たいんじゃなくて、ハルに会《あ》いたいんじゃないの？」

千佳《ちか》の言葉《ことば》にドキッとする。さすが、勘《かん》のするどい千佳《ちか》。もしかして、見抜《みぬ》かれてる？

でも、本当《ほんとう》はちがう。これは、ハルからたのまれたこと。

もう一人《ひとり》のハルが気《き》になるから、東高《ひがしこう》にいきたいだけだ。

なんて、みんなに説明《せつめい》しても通《つう》じないと思《おも》うけど。

「大丈夫《だいじょうぶ》！　由香《ゆか》がキョーちゃんにお願《ねが》いして、ハルのこと探《さが》してあげるからね」

「あ、ありがとう」

素直《すなお》に二人《ふたり》の気持《きも》ちがうれしい。だって、私《わたし》がハルを好《す》きな気持《きも》ちは本物《ほんもの》だから。

放課後《ほうかご》になってすぐに、私《わたし》たちは東高《ひがしこう》に向《む》かった。

電車《でんしゃ》に乗《の》って、降《お》りたこともない駅《えき》に着《つ》く。そこから、十分《じゅっぷん》くらい歩《ある》くと東高《ひがしこう》の校舎《こうしゃ》が見《み》えてきた。

東高《ひがしこう》は北高《きたこう》と学校同士《がっこうどうし》で交流《こうりゅう》があるから、うちの制服《せいふく》で入《はい》ってもあやしまれることはないはず。部活動《ぶかつどう》をしている生徒《せいと》以外《いがい》、ほとんど下校《げこう》してしまったんだろう。すんなりと校内《こうない》に入《はい》れて、なんだか拍子《ひょうし》抜《ぬ》けをしてしまう。

「わ〜。すごいドキドキする。ウチらの学校《がっこう》と全然《ぜんぜん》ちがうねー！」

よそ見《み》をしながら、待《ま》ち合《あ》わせの場所《ばしょ》を探《さが》して歩《ある》く。まっ白《しろ》な校内《こうない》は美《うつく》しかった。太陽光《たいようこう》が自《し》然《ぜん》に入《はい》る構造《こうぞう》になっていて、校舎全体《こうしゃぜんたい》が明《あか》るい感《かん》じを受《う》ける。

最初《さいしょ》は初《はじ》めての場所《ばしょ》が物珍《ものめずら》しかったけれど、歩《ある》きまわって足《あし》が痛《いた》くなってきた。

「私《わたし》たち、もしかしなくても、迷《まよ》った？」

迷《まよ》っているのだと自覚《じかく》した瞬間《しゅんかん》、今《いま》まで歩《ある》いてきたリノリウムの廊下《ろうか》が、急《きゅう》に冷《つめ》たいものに感《かん》じられた。

「由香《ゆか》、キョーちゃんに連絡《れんらく》してみるっ！」

由香《ゆか》が彼氏《かれし》にメールを送信《そうしん》すると、すぐに着信《ちゃくしん》があった。

「大丈夫《だいじょうぶ》みたい！　キョーちゃんたちが、今《いま》から迎《むか》えにきてくれるって！」

「助《たす》かったよ～。なんかここ、薄暗《うすぐら》いし、幽霊《ゆうれい》とか出《で》そうだし……」

幽霊《ゆうれい》。そうだよね。幽霊《ゆうれい》ってやっぱり、怖《こわ》くて気味《きみ》の悪《わる》いイメージだよね。

ハルは幽霊《ゆうれい》なんかじゃ、ないよね。

大体《だいたい》あんなカッコイイ幽霊《ゆうれい》なんているわけないよ。うん。やっぱり、ハルは幽霊《ゆうれい》なんかじゃない。

でも……だとしたら、私《わたし》の部屋《へや》にいるハルは……？

三人《にん》で由香《ゆか》の彼氏《かれし》を待《ま》っていると、数分《すうふん》もしない内《うち》に一人《ひとり》の男子《だんし》がこっちへ近《ちか》づいてきた。

「由香《ゆか》！」

「あっ、キョーちゃん」

キョーちゃんと呼《よ》ばれた男《おとこ》の子《こ》は、由香《ゆか》を見《み》るとホッとした表情《ひょうじょう》を浮《う》かべた。

「やっと見《み》つけた！　マジ心配《しんぱい》したよ！」

この人《ひと》が、恭介《きょうすけ》くん？　なんだか、思《おも》ってた感《かん》じとちがうかも。すごく優《やさ》しそう。

「おい、恭介《きょうすけ》。彼女《かのじょ》に会《あ》えたからってはしゃいでんなよ」

恭介《きょうすけ》くんの友《とも》だちらしい集団《しゅうだん》が、後《うし》ろから近《ちか》づいてきた。

「恭介《きょうすけ》の彼女《かのじょ》？　かわいいじゃん。君《きみ》たちは友《とも》だち？」

男《おとこ》の子《こ》たちが、私《わたし》たちにも声《こえ》をかけてきた。知《し》らない男子《だんし》に囲《かこ》まれて、なんだか落《お》ち着《つ》かない。

「……お前《まえ》」

その中《なか》の一人《ひとり》が、おどろいたように私《わたし》を見《み》ている。

たくさんいる男《おとこ》の子《こ》の中《なか》で、彼《かれ》だけキラキラと輝《かがや》いているように見《み》えた。

整《ととの》った顔《かお》。きれいについた筋肉《きんにく》に、均整《きんせい》のとれた身体《からだ》。長《なが》い足《あし》。

……ハルだ。

「こ、こんにちは」

「…………………」

「あ、あの！　こないだは、助《たす》けてくれてありがとうございました……」

「恭介《きょうすけ》の、知《し》り合《あ》いだったのか」

「あ、うん。そう、なるのかな？」

ハルが、じっと私《わたし》の目《め》をのぞきこんでくる。

部屋《へや》の中《なか》のハルとはいっしょにベッドで寝《ね》た仲《なか》なのに、目《め》の前《まえ》のハルに見《み》つめられるだけで顔《かお》がまっ赤《か》になっていくのがわかる。

「ハル、この子《こ》のこと知《し》ってるの？」

「……まあな」

恭介《きょうすけ》くんが、ハルに声《こえ》をかけた。

「ハルッ!? ハルって、もしかして、あのハル？」

「どうしたの、由香《ゆか》。ハルのこと知《し》ってるのか？」

「うん。知《し》ってる！ ハルはねえ、ユウナの……」

「わあああっ！ ちょっと、由香《ゆか》！」

あわてて由香《ゆか》の口《くち》をふさぐ。私《わたし》がハルのことを好《す》きだって、知《し》られたくない。

そんなことがバレたら、私《わたし》恥《は》ずかしくて生《い》きていけないよ。

「悪《わる》かったな」

「え？」

「俺《おれ》、あんたのこと勘《かん》ちがいしてた。ひどいこと言《い》って、ごめん」

これって、こないだのことを謝《あやま》ってくれたのかな？

意外《いがい》な一面《いちめん》におどろいてしまう。ハルって、どちらかと言《い》うと俺様《おれさま》タイプなのかと思《おも》ってたけど、ちゃんと自分《じぶん》の非《ひ》を認《みと》めることができる人《ひと》なんだ。

「い、いいよ！　突然話《とつぜんはな》しかけた私《わたし》が悪《わる》いんだし」

「ハル。この子《こ》になにかしたのか？」

「は？　してねえし」

「あ、あのっ！　ちがうんです。逆《ぎゃく》なの、えっと、ハル、が、……」

……あ。……ハルって呼《よ》んでも、いいのかな……？

ちらっとハルを見《み》る。友《とも》だちにあおられたせいか、ハルの顔《かお》は赤《あか》くなっていた。

「え？　ハルが？」

「あ。うん……その、私《わたし》を助《たす》けてくれたの。……チカン、から」

チカンにあったことを話《はな》すのが恥《は》ずかしくて、自然《しぜん》と声《こえ》が小《ちい》さくなる。

「チカンって……ええっ！　いつよ？　大丈夫《だいじょうぶ》だったの!?」

「うん。この前《まえ》、私《わたし》が休《やす》んだ時《とき》に」

「そうなんだ。由香《ゆか》、ただの風邪《かぜ》って先生《せんせい》から聞《き》いたから、全然知《ぜんぜんし》らなかったよ。ごめんね」

「ううん。私《わたし》こそかくしててごめん。恥《は》ずかしくって、言《い》えなかったの。でも、なんにもなかったから大丈夫《だいじょうぶ》だよ」

「そっか。ハルが助《たす》けてくれたんだもんね」

「ハル！　ユウナのこと、助《たす》けてくれてありがとうね」

「やっ、俺《おれ》は別《べつ》に……」

まるで昔《むかし》からの知《し》り合《あ》いみたいに、千佳《ちか》と由香《ゆか》がハルに話《はな》しかける。

「そう言《い》えば、挨拶《あいさつ》してなかったね。私《わたし》は千佳《ちか》だよ。こっちの二人《ふたり》は……」

「ああ、由香《ゆか》が恭介《きょうすけ》の彼女《かのじょ》だろ……ユウナ、は……」

「わ、私《わたし》です」

「おう、改《あらた》めてよろしく。俺《おれ》は春川彼方《はるかわかなた》」

「よ、よろしく」

これで、ハルと自己紹介《じこしょうかい》するのは二回目《かいめ》になる。なんだか、ヘンな感《かん》じ。

それから、全員《ぜんいん》で自己紹介《じこしょうかい》をし合《あ》った。みんなでワイワイ会話《かいわ》している姿《すがた》は、とても初対面《しょたいめん》と思《おも》えない。それは、ハルも同《おな》じみたいだ。

友《とも》だちをからかいながら、楽《たの》しそうにしている。

うれしい。ハル、笑顔《えがお》だ。

「よかったね、ハルに会《あ》えて」

ヒソヒソ声《ごえ》で、千佳《ちか》と由香《ゆか》が話《はな》しかけてきた。

「うん！　二人《ふたり》とも、ありがとう」

私《わたし》は笑顔《えがお》で、二人《ふたり》にお礼《れい》を言《い》った。

本当《ほんとう》に、私《わたし》は一人《ひとり》じゃなにもできない。

みんながいてくれて、よかった。由香《ゆか》も千佳《ちか》も、私《わたし》の大事《だいじ》な大事《だいじ》な友《とも》だちだ。

5章《しょう》

奈《な》々《な》

カフェテリアに到着《とうちゃく》した私《わたし》たちは、空《あ》いてるテーブルを探《さが》した。

席《せき》ははんぱに空《あ》いていて、大人数《おおにんずう》で座《すわ》れる場所《ばしょ》が、なかなか見《み》つからない。

「ハル～～！」

ふいに、誰《だれ》かがハルを呼《よ》ぶ声《こえ》がした。その声《こえ》に、思《おも》わず振《ふ》りかえる。

午後《ごご》のテラスから入《はい》る陽光《ようこう》が、少《すこ》しだけまぶしい。

(誰《だれ》だろう？)

逆光《ぎゃっこう》でよく見《み》えないけど、ハルの名前《なまえ》を呼《よ》んでいるから、知《し》り合《あ》いなのかな？

「ハル、ここにいたんだ。やっと見《み》つけたよ！」

(わ、かわいい子《こ》)

ハルのそばに駆《か》け寄《よ》ってきた女《おんな》の子《こ》は、ビックリするほどかわいかった。

ハーフなのかな。髪《かみ》もふわふわだし、目《め》もパッチリして大《おお》きい。なんだか、お人形《にんぎょう》さんみたい。

制服《せいふく》のリボンが赤色《あかいろ》だから、一年生《ねんせい》なのかな。

「……奈々《なな》」

「あ！　北高《きたこう》の人《ひと》だぁ。もしかして、この中《なか》に恭介《きょうすけ》の彼女《かのじょ》さんがいるの？」

「恭介《きょうすけ》の彼女《かのじょ》が、どうしたんだよ」

「だって、あの恭介《きょうすけ》がベタ惚《ぼ》れ状態《じょうたい》でしょ？　どんな人《ひと》なのか気《き》になっちゃって」

奈々《なな》と呼《よ》ばれた女《おんな》の子《こ》は、その大《おお》きな瞳《ひとみ》で私《わたし》たちを見《み》た。

誰《だれ》が恭介《きょうすけ》くんの彼女《かのじょ》なのか、興味津々《きょうみしんしん》のようだ。

この子《こ》、奈々《なな》ちゃんって言《い》うんだ。外見《がいけん》にぴったりな、かわいい名前《なまえ》だな。

「由香《ゆか》が、キョーちゃんの彼女《かのじょ》だけど!?」

恭介《きょうすけ》くんを呼《よ》び捨《す》てにする奈々《なな》ちゃんが気《き》に食《く》わないんだろう。みんなの間《あいだ》から、怒《おこ》り気味《ぎみ》の由香《ゆか》が奈々《なな》ちゃんの前《まえ》に出《で》た。由香《ゆか》が、ムッとした表情《ひょうじょう》で答《こた》える。

「そうなんだっ！　じゃあ、今度《こんど》ダブルデートしない？」

そう言《い》うと、奈々《なな》ちゃんはハルの腕《うで》に自分《じぶん》の腕《うで》をからめた。

「奈々《なな》たちとっ♪」

当然《とうぜん》のように、奈々《なな》ちゃんはハルの隣《となり》に寄《よ》りそった。

どうして奈々《なな》ちゃんは、ハルにくっついてるの？

それに、デートってどういうこと？　頭《あたま》の中《なか》が混乱《こんらん》して、なにがなんだかわからなくなる。

「は？　あんた、ハルのなんなの？」

「きゃははっ！　奈々《なな》は、ハルの彼女《かのじょ》だよぉ？」

奈々《なな》ちゃんはベッタリとハルにしがみついた。

「ね、ハルッ？　奈々《なな》は、ハルの彼女《かのじょ》だよね〜っ♪」

「……ああ」

ハルはめんどくさそうに、奈々《なな》ちゃんから顔《かお》をそむける。それに、ニコニコと微笑《ほほえ》む奈々《なな》ちゃん。

奈々《なな》ちゃんの彼氏《かれし》であることを、ハルは否定《ひてい》しなかった。

……そっか。そうだよね。ハルはカッコイイもんね。

彼女《かのじょ》がいても、おかしく、ないよね。頭《あたま》では、わかってる。理解《りかい》してる。

けど。なにかが、喉《のど》の奥《おく》からこみあげてきて……。

苦《にが》くて吐《は》きだしてしまいそうになるそれを、私《わたし》はグッとがまんした。

ハルの隣《となり》で誇《ほこ》らしげに微笑《ほほえ》む奈々《なな》ちゃんは、本当《ほんとう》にハルにぴったりの、すてきな彼女《かのじょ》だった。

私《わたし》なんて全然敵《ぜんぜんかな》わないことを、はっきりと見《み》せつけられた気《き》がした。

「で、あなたは？」

「え、私《わたし》？」

ボーッとしていた私《わたし》の目《め》の前《まえ》に、いつの間《ま》にか奈々《なな》ちゃんが立《た》っていた。

奈々《なな》ちゃんは笑顔《えがお》でかわいく小首《こくび》をかしげると、こっくりとうなずいた。

「そうだよぉ〜。奈々《なな》も自己紹介《じこしょうかい》したんだから、……お名前教《なまえおし》えて？」

奈々《なな》ちゃんのガラス玉《だま》みたいな瞳《ひとみ》に、動揺《どうよう》している私《わたし》が映《うつ》りこむ。

なんだか、怖《こわ》い。

「私《わたし》は、ユウナだよ」

そうつぶやいた私《わたし》の声《こえ》は、小《ちい》さくふるえていた。

「ユウナは、ハルに助《たす》けてもらったんだよな」

その時《とき》、奈々《なな》ちゃんが急《きゅう》に思《おも》い出《だ》したように私《わたし》を指差《ゆびさ》した。

「あー。奈々《なな》、知《し》ってる。それって、ハルのストーカーさんでしょ？」

(え？)

「ハル、前《まえ》に言《い》ってたよ。チカンから助《たす》けてやった女《おんな》が、ハルの名前《なまえ》知《し》ってて、ウザかったって。

ユウナさんのことだったんだぁ～♪」

突然《とつぜん》の奈々《なな》ちゃんの発言《はつげん》に、私《わたし》は言葉《ことば》を失《うしな》った。

（どういう、こと？）

「自分《じぶん》の部屋《へや》に、ハルがいたとか言《い》ってたんだよねっ♪　……ぷ。妄想《もうそう》とか怖《こわ》いんですけど！

ユウナさんヤバーッ！」

「奈々《なな》！」

「だって、ホントのことだもんっ♪」

奈々《なな》ちゃんは甘《あま》えるように、ハルにぎゅっと抱《だ》きついた。

「ごめん、コイツ口悪《くちわる》くて。奈々《なな》、あれは誤解《ごかい》だったんだ」

「えっ⁉　ちがうのっ？　やだっ、ごめんね～っ」

奈々《なな》ちゃんがおおげさに謝《あやま》る。

ハルにストーカーだと思《おも》われてたなんて、やっぱり落《お》ちこんでしまう。

「私《わたし》たち、帰《かえ》るね」

「もう？　早《はや》くない？」

「……ん～。なんか、そんな気分《きぶん》じゃなくなっちゃったよ」

奈々《なな》ちゃんに腹《はら》が立《た》ったんだろう。由香《ゆか》は奈々《なな》ちゃんをにらみつけると、恭介《きょうすけ》くんに走《はし》り寄《よ》っていった。

「またね！　バイバイ」

……奈々《なな》ちゃん、か。

ハルの彼女《かのじょ》の、奈々《なな》ちゃん。私《わたし》なんかより、全然《ぜんぜん》かわいかった。

私《わたし》に勝《か》ち目《め》なんて、全然《ぜんぜん》ないよ。

ハルに彼女《かのじょ》がいた事実《じじつ》に、今更《いまさら》、私《わたし》の胸《むね》はツキンと痛《いた》んだ。

家《いえ》に帰《かえ》ると、やっぱりハルは私《わたし》のベッドで眠《ねむ》っていた。

私《わたし》のベッドなのに、まるでハル専用《せんよう》のベッドみたいだ。

ピンク色《いろ》のシーツが意外《いがい》とハルに似合《にあ》ってて、私《わたし》は少《すこ》し笑《わら》ってしまった。

本当《ほんとう》に、ハルは寝《ね》てばかりいる。

スースーと規則正《きそくただ》しい寝息《ねいき》が、形《かたち》のよい唇《くちびる》から聞《き》こえる。

その寝顔《ねがお》を、私《わたし》はじっと見《み》つめた。

ハルに彼女《かのじょ》がいるなんて、考《かんが》えたこともなかった。

だって、私《わたし》は。毎朝《まいあさ》、電車《でんしゃ》の中《なか》でハルを見《み》ることができるだけで、それだけで、幸《しあわ》せだったから。

名前《なまえ》は、なんていうんだろう？　どんな性格《せいかく》をしているのかな？

笑《わら》った顔《かお》が、見《み》てみたいよ。

ハルを見《み》つめて、いろんなことを想像《そうぞう》するだけで楽《たの》しかった。

それなのに、どうして心《こころ》が痛《いた》むんだろう。

こんな痛《いた》みは知《し》らない。感《かん》じたことのない胸《むね》の痛《いた》みに、とまどってしまう。

ハル、苦《くる》しいよ。ハルに彼女《かのじょ》がいたことが、すごく苦《くる》しい。

いやだ。イヤだイヤだ。ハルに彼女《かのじょ》がいるなんて、やだよ。

私《わたし》の視界《しかい》は涙《なみだ》でぬれて、まるで水《みず》の中《なか》にいるみたい。

見《み》つめるハルの顔《かお》が、ゆらりとぼやける。ハルが、見《み》えなくなっていく。

「……なに、泣《な》いてんだよ」

ぽん。と優《やさ》しい手《て》が、私《わたし》の頭《あたま》に置《お》かれた。

「お前《まえ》さあ、いきなり泣《な》いてんなよ。からみづれえじゃねえか」

「……っ、ここ、私《わたし》の部屋《へや》だし！　いいじゃない、泣《な》いたって……！」

「よくねーよ。居心地悪《いごこちわる》くて寝《ね》てらんねえわ」

「わ、私《わたし》のプライベートに勝手《かって》に入《はい》ってきたのはそっちでしょっ！」

ハルは私《わたし》が泣《な》きやんだのをたしかめると、真剣《しんけん》な表情《ひょうじょう》になった。

「で、なんで泣《な》いてたんだ。今日《きょう》、ウチの学校《がっこう》いったんだろ？　なんか、あったのか？」

「……ハルの彼女《かのじょ》に、ハルのストーカーあつかい、されたの……」

「………………！」

「結局《けっきょく》、ハルの誤解《ごかい》みたいだったから、よかったんだけど……私《わたし》……」

「よくねーよ！　は？　俺《おれ》に彼女《かのじょ》？　意味《いみ》わかんねえし。なんだその話《はなし》!?」

ハルが痛《いた》いくらいの力《ちから》で、私《わたし》の腕《うで》をつかんだ。

「その彼女《かのじょ》って、どんなヤツ？」

「えっと、奈々《なな》ちゃんって名前《なまえ》で、東高《ひがしこう》の一年生《ねんせい》。すごくかわいい子《こ》だったよ」

「……あー。もういい。ありがと、誰《だれ》かわかった」

ハルは額《ひたい》に手《て》を当《あ》てると、大《おお》きなため息《いき》をついた。

「つか、俺《おれ》。彼女《かのじょ》なんていねえから」

「ハル、彼女《かのじょ》いないの？」

「いない。一年前《ねんまえ》くらいから、ずっといない」

「じゃあ、奈々《なな》ちゃんは？」

「そんなの、俺《おれ》が知《し》りてえよ！　奈々《なな》は中学《ちゅうがく》の後輩《こうはい》で、俺《おれ》にとって妹《いもうと》みたいなもんだ」

ハルはズルズルとしゃがみこんで、ベッドに寄《よ》りかかった。

「なんで奈々《なな》なんかとつきあってんだよ、俺《おれ》！」

こっちのハルは、彼女《かのじょ》はいないって言《い》ってる。でも、あっちのハルには彼女《かのじょ》がいる。なんだろう。なにかが、食《く》いちがっている？

「クソッ！　なにしてんだよ、もう一人《ひとり》の俺《おれ》は！」

ハルは拳《こぶし》を床《ゆか》に叩《たた》きつけた。

「でも、恭介《きょうすけ》くんたちといっしょにいるハルは、楽《たの》しそうだったよ。仲《なか》いいんだね」

「まーな」

「みんな、クラスが同《おな》じとか？」

「ちがう。俺《おれ》らもともと、サッカー部《ぶ》に入《はい》っててさ。辞《や》めた者同士《ものどうし》、つるんでるだけ」

「ハル、サッカーやってたんだあ。意外《いがい》」

「悪《わる》かったな。意外《いがい》で」

「ごめんごめん。で、サッカー強《つよ》かったの？」

「おー。強《つよ》いなんてもんじゃなかったな。神《かみ》だぜ神《かみ》。マジ最強《さいきょう》だった」

「ハル、そんなにすごかったんだ」

「なんと、一年《ねん》でレギュラーでした！」

「ええっ！　一年生《ねんせい》でっ!?」

一年《ねん》でレギュラーなんて、ハル、本当《ほんとう》にすごかったんだ。

「俺《おれ》を止《と》められるヤツはなかなかいなかったな。三年《ねん》でも俺《おれ》を抜《ぬ》けるレギュラーは少《すく》なかったし」

膝《ひざ》を抱《かか》えてニカッと笑《わら》うハルは、いつもの大人《おとな》っぽいハルじゃなくて、子供《こども》みたいでかわいかった。

「でも、そんなに強《つよ》かったのに、なんでサッカー部《ぶ》を辞《や》めたの？」

「………………」

すぐに、しまった。って思《おも》った。

私《わたし》の言葉《ことば》に、みるみるハルの表情《ひょうじょう》が冷《つめ》たくなっていく。

「ご、ごめん。もしかして、聞《き》いちゃいけなかった？」

「……いや。ちょっと、あってさ。うちの親《おや》が原因《げんいん》で、サッカーできなくなった。そんだけ」

ハル、親《おや》に反対《はんたい》されて、サッカーができなくなったんだ。

「もう、この話《はなし》は止《や》め。な」

「う、うん」

そう言《い》って顔《かお》をあげたハルは、いつもの表情《ひょうじょう》に戻《もど》っていた。

「て言《い》うかさ、思《おも》ったんだけど。俺《おれ》って、ここきてから風《ふ》呂《ろ》に入《はい》ってねーよな」

「そう言《い》えば」

「風《ふ》呂《ろ》も入《い》れてくれないなんて、ヒデー家《いえ》だよなあ」

「仕方《しかた》ないでしょ！　ハル、ここから出《で》られないんだし」

「なあ、ユウナ」

「なに？」

「……俺《おれ》。何日《なんにち》も風《ふ》呂《ろ》に入《はい》ってないように、見《み》えるか？」

ハルを見《み》る。色素《しきそ》の薄《うす》い髪《かみ》はあいかわらずサラサラで、肌《はだ》もうらやましいくらいきれいだった。

「たしかに、そんな風《ふう》に見《み》えないね」

「ちょっと、俺《おれ》の匂《にお》い嗅《か》いでみ」

「わ、……ぷ！」

後頭部《こうとうぶ》をつかまれ、強制的《きょうせいてき》にハルの胸《むね》へ押《お》しつけられた。

いやな匂《にお》いなんて、しない。むしろ。眠《ねむ》たくなるくらい、いい匂《にお》いがした。

「全然《ぜんぜん》、大丈夫《だいじょうぶ》だよ」

「だよな」

ドキドキするから、いい加減《かげん》、腕《うで》を離《はな》してほしい……。

心臓《しんぞう》の音《おと》が、ハルに聞《き》こえちゃいそうだよ。

「俺《おれ》ってさ、生《い》きてんのかな」

「ハル？」

「おかしくねえか。今《いま》の俺《おれ》には、生活感《せいかつかん》がまったくない。生《い》きてたら誰《だれ》だって、生活感《せいかつかん》が出《で》るもんだ。ここにくる以前《いぜん》の俺《おれ》だって、同《おな》じだ」

ハルは私《わたし》を抱《だ》きしめて、少《すこ》しだけふるえていた。

「なあ。俺《おれ》って、いらない存在《そんざい》じゃないのか？　春川彼方《はるかわかなた》は、別《べつ》にいる。ここにいる俺《おれ》がいなくても、世界《せかい》は変《か》わらない。一日《にち》は普通《ふつう》に過《す》ぎていく。だったら、ヤツが本物《ほんもの》のハルで、俺《おれ》が偽者《にせもの》……」

「ちがうよ！　ハルは、いるよ。ここに、私《わたし》の目《め》の前《まえ》にいて、ちゃんと生《い》きてるよ」

私《わたし》はハルの胸《むね》に耳《みみ》を押《お》しつけた。心臓《しんぞう》がトクトク脈《みゃく》打《う》つ音《おと》が聞《き》こえる。

生《い》きてる音《おと》が、聞《き》こえる。

「ハルは、生《い》きてるよ。大丈夫《だいじょうぶ》。心臓《しんぞう》だって、動《うご》いてるじゃない」

「……お前《まえ》」

「だから、自分《じぶん》が偽者《にせもの》なんて、そんな哀《かな》しいこと言《い》わないで……」

私《わたし》、知《し》ってる。だっていつも見《み》てたから。

ハルは、偽者《にせもの》なんかじゃないよ。

あなたは、私《わたし》が電車《でんしゃ》の中《なか》で毎朝《まいあさ》会《あ》ってた『ハル』だよ。

ハルの腕《うで》の中《なか》で、目《め》を閉《と》じる。浮《う》かぶのは、電車《でんしゃ》の窓《まど》から射《さ》す淡《あわ》い朝《あさ》の光《ひかり》。

その光《ひかり》に照《て》らされて、眠《ねむ》そうにあくびをかみころすハルの制服姿《せいふくすがた》。

……目《め》を開《あ》ける。私《わたし》の中《なか》のハルと目《め》の前《まえ》のハルが重《かさ》なる。

「私《わたし》が保証《ほしょう》する。ハルは、ちゃんとハルだよ」

「……サンキュ。なんか、ごめん。元気《げんき》出《で》た」

「ううん」

「ユウナが言《い》うなら、まちがいねえな。お前《まえ》とは、一年間《ねんかん》ずっと電車《でんしゃ》でいっしょだったもんな」

ハル、知《し》ってたんだ。うれしいな。うれしくて、泣《な》いちゃいそう。

「……うん……」

私《わたし》はそう答《こた》えるのが精一杯《せいいっぱい》で、必死《ひっし》で涙《なみだ》をこらえた。

6章《しょう》 サッカー部《ぶ》

「……い、……おい」

誰《だれ》かが、私《わたし》を無理矢理《むりやり》起《お》こそうとしている。

まだ眠《ねむ》い。昨日《きのう》、遅《おそ》かったんだから、もうちょっと寝《ね》かせてよ。

「おい、起《お》きろよ」

「……う～……」

「遅刻《ちこく》するぞ。起《お》きろ！」

「……ハル？」

ハルが、また私《わたし》のベッドに侵入《しんにゅう》していた。毎朝《まいあさ》のことだから、もう慣《な》れたけど。

「ハル、今日《きょう》は日曜日《にちようび》だよ？」

「は？　……ヤッバ。俺《おれ》、曜日感覚狂《ようびかんかくくる》ってるわ……」

「……ん～。私《わたし》、もうちょっと寝《ね》るね」

「わかった。テレビつけてもいいか？」

「音小《おとちい》さくしてくれるなら、いいよ」

ハルがテレビの電源《でんげん》を押《お》した。私《わたし》は再《ふたた》び、トロトロと眠《ねむ》りにさそわれる。

うとうとまどろみを楽《たの》しんでいたら、再《ふたた》びハルの声《こえ》で起《お》こされてしまった。

「……そこ、左《ひだり》。ちがう、左《ひだり》だ左《ひだり》！」

（……ハル……？）

「バッカ！　あー。そこはパスだろパス」

ハル、なんの番組《ばんぐみ》見《み》てるんだろ。

「よしっ！　シュートだ！」

（サッカーの、試合《しあい》？）

ハルは熱心《ねっしん》に、サッカーの試合《しあい》に見入《みい》っていた。

観戦《かんせん》に夢中《むちゅう》みたいで、私《わたし》が起《お》きたことに気《き》がついていないようだ。

（ハル、本当《ほんとう》にサッカーが好《す》きなんだね）

CM《シーエム》になり、ハルはやっと私《わたし》が起《お》きたことに気《き》がつく。

瞬間《しゅんかん》、チャンネルを変《か》えてしまった。

「あれ？　なんで、チャンネル変《か》えるの」

「別《べつ》に。つまんなかったから」

……嘘《うそ》。あんなに熱心《ねっしん》に見《み》てたのに。どうして、かくすの？

次《つぎ》に映《うつ》ったテレビはどこか外国《がいこく》の風景《ふうけい》で、知《し》らない空《そら》が映《うつ》っていた。

青色《あおいろ》の空《そら》に半円《はんえん》の虹《にじ》がかかっている。

「虹《にじ》だ」

「虹《にじ》なんて、ガキの頃《ころ》以来《いらい》、見《み》てねーわ」

ハルはベッドにゴロリと仰向《あおむ》けになった。

そうして、窓《まど》から見《み》える本物《ほんもの》の空《そら》に視線《しせん》を向《む》けた。

「……外《そと》、出《で》てえな」

籠《かご》の中《なか》の鳥《とり》みたいに、私《わたし》の部屋《へや》から出《で》られないハル。

それは、まるで私《わたし》がハルをここに閉《と》じこめているみたいで、空《そら》を見《み》ているハルの姿《すがた》に胸《むね》が痛《いた》んだ。

「出《で》られるよ、絶対《ぜったい》」

「…………」

「大丈夫《だいじょうぶ》。私《わたし》が、ハルをここから出《だ》してあげるから」

ハルはこっちを見《み》ると、いつものように意地悪《いじわる》く笑《わら》った。

「お前《まえ》が？」

「うん！」

「まあ。あてにしないで、待《ま》っててやるよ」

「ねえ、ハル。外《そと》に出《で》たら、いっしょにどっかいこうか」

「あー。カラオケとか？」

「そうじゃなくって、遊園地《ゆうえんち》とか！」

「……遊園地《ゆうえんち》？　つまんなそうだな」

ハルが不満《ふまん》げな表情《ひょうじょう》を浮《う》かべる。たしかに、ハルが遊園地《ゆうえんち》で遊《あそ》んでいる姿《すがた》は想像《そうぞう》つかないかも。

「でも、お前《まえ》とだったらおもしろいかもな」

「ホント？　じゃ、いこうよ。約束《やくそく》ね！　私《わたし》、ハルと観覧車《かんらんしゃ》に乗《の》りたいな」

「いいぜ。あと、お化《ば》け屋敷《やしき》とジェットコースター必須《ひっす》な」

「うう……」

困《こま》り顔《がお》の私《わたし》を見《み》て、ハルが声《こえ》をあげて笑《わら》った。

いつか、ハルと遊園地《ゆうえんち》にいけるかもしれない。

そう思《おも》うと、楽《たの》しくなってきて、つられて私《わたし》も笑《わら》ってしまった。


次《つぎ》の日《ひ》の放課後《ほうかご》。

ハルのサッカー部《ぶ》の話《はなし》が気《き》になった私《わたし》は、由香《ゆか》のつてで恭介《きょうすけ》くんに無理《むり》を言《い》って東高《ひがしこう》まできていた。

「ユウナちゃん、こっちこっち！」

校門前《こうもんまえ》で、恭介《きょうすけ》くんが待《ま》ってくれている。

「恭介《きょうすけ》くん。ごめんね、突然《とつぜん》……私《わたし》」

「大丈夫《だいじょうぶ》、わかってるって。ハルなら校庭《こうてい》にいたから、いっしょにいこう」

「う、うん」

恭介《きょうすけ》くんの後《うし》ろを、ドキドキしながら歩《ある》く。

「由香《ゆか》から聞《き》いたよ。ユウナちゃん、一年《ねん》もハルに片想《かたおも》いしてたんだって？」

「あはは。おかげでハルに、ストーカーあつかいされちゃったけど」

「あれは、ごめんね。ハルの勘《かん》ちがいだから、気《き》にしないで」

「うん……」

「ハル、マジでストーカーで悩《なや》んでたから、奈々《なな》にけしかけられて、ユウナちゃんのこと誤解《ごかい》したみたい」

「そうなんだ」

「ユウナちゃんはさ、ハルのどこが好《す》きなの？」

「……全部《ぜんぶ》」

私《わたし》の口《くち》から、勝手《かって》にハルへの言葉《ことば》があふれだした。

「私《わたし》、ハルの、笑顔《えがお》が好《す》き。ハルの意地悪《いじわる》なところも好《す》き。サッカーが、好《す》きなところも好《す》き。ハルの、全部《ぜんぶ》が好《す》き……」

「そっか」

「ごめん。私《わたし》、なに言《い》ってるんだろ」

「そんなことないよ。ユウナちゃん、本当《ほんとう》にハルのことが好《す》きなんだね」

恭介《きょうすけ》くんは私《わたし》を見《み》て、笑《わら》ってくれた。

「あいつ、いろいろあって。サッカーできなくなってから、荒《あ》れてたんだけど、ユウナちゃんなら、なんとかしてくれるんじゃないかなって、俺《おれ》は思《おも》うよ」

恭介《きょうすけ》くんは立《た》ち止《ど》まると、優《やさ》しい表情《ひょうじょう》で私《わたし》を見《み》た。

「そ、そうかな？」

「うん。ユウナちゃんってさ、なんかいっしょにいると、なごむよ。でも、奈々《なな》はちがう」

恭介《きょうすけ》くんの眉根《まゆね》に、ぎゅっと皺《しわ》が寄《よ》った。

「たしかに、奈々《なな》はかわいいよ。でも、それだけだ。あいつはユウナちゃんと逆《ぎゃく》なんだ。うまく言《い》えないけど、奈々《なな》は、ハルには合《あ》わない。それは中学《ちゅうがく》の頃《ころ》から二人《ふたり》を見《み》てる俺《おれ》が一番《いちばん》よく知《し》ってる」

「…………」

「ハルも奈々《なな》のことは、わかってるはずなのに」

恭介《きょうすけ》くんは、私《わたし》の目《め》を見《み》てはっきりと告《つ》げた。

「ハルは、苦《くる》しんでるの？」

「うん。ハルは、苦《くる》しんでるよ」

それなら、なんとかしてあげたい。

私《わたし》なんかで、力《ちから》になれるなら。ハルのために、なにかしたい。

「ハルを、よろしく」

私《わたし》は、黙《だま》って恭介《きょうすけ》くんにうなずいた。

校庭《こうてい》に近《ちか》づくにつれ、話《はな》し声《ごえ》が聞《き》こえてきた。

目《め》の前《まえ》に、大《おお》きな校庭《こうてい》が見《み》えてきた……そこに、ハルたちの姿《すがた》があった。

「なんだ、あの試合《しあい》。見《み》てらんねーな」

「北高《きたこう》相手《あいて》に一点《いってん》もとれないとか、どんだけ弱《よわ》くなったんだよ、サッカー部《ぶ》」

「だよな。てか、ハルがいたら、こんな試合《しあい》なんて楽勝《らくしょう》だろ！　な、ハル？」

「…………」

ハルは無表情《むひょうじょう》のまま、なにも答《こた》えない。

校庭《こうてい》から、金網《かなあみ》ごしにグラウンドを見《み》る。

たしかに、おたがい笑《わら》い合《あ》ってふざけながらプレイしている光景《こうけい》は、客観的《きゃっかんてき》に見《み》ても馴《な》れ合《あ》いのような試合《しあい》にしか見《み》えない。

向《む》こうにも、ハルたちの軽口《かるくち》が聞《き》こえたんだろう。いつの間《ま》にかサッカー部員数名《ぶいんすうめい》が、こちらをにらんでいた。

「おー、怖《こえ》えー」

「おいハル。なんか言《い》ってやれよ」

「……カスみてえな試合《しあい》……」

ハルは、見《み》たこともないような冷《つめ》たい表情《ひょうじょう》で、吐《は》きすてるように、つぶやいた。

「ぎゃははは！　うける！　ハル、それは言《い》っちゃダメでしょー」

爆笑《ばくしょう》するハルの仲間《なかま》たちに、サッカー部《ぶ》の一人《ひとり》がボールをぶつけてきた。

ガシャンッ！

金網《かなあみ》に、サッカーボールが思《おも》い切《き》り当《あ》たる。

「……あ？　……テメェ……今《いま》なにしたコラ」

「そっちこそ、俺《おれ》たちのことなんて言《い》った！」

複数《ふくすう》の部員《ぶいん》たちが、声《こえ》を荒《あら》らげこちらに駆《か》け寄《よ》ってきた。

金網《かなあみ》をはさんで、にらみ合《あ》う両者《りょうしゃ》。もう試合《しあい》どころじゃない。

他《ほか》の部員《ぶいん》たちも駆《か》けつけてきた。あっという間《ま》に、小《ちい》さな人垣《ひとがき》ができる。

そこへ、一人《ひとり》の男子《だんし》が走《はし》ってきた。サッカー部《ぶ》とハルたちの間《あいだ》に、割《わ》って入《はい》る。

「お前《まえ》ら、なにやってるんだ！」

「……部長《ぶちょう》！　……コイツらが……」

部長《ぶちょう》と呼《よ》ばれた彼《かれ》は、改《あらた》めてハルたちに向《む》き直《なお》った。

「俺《おれ》たち、そいつにカスだって言《い》われたんです」

その言葉《ことば》に、ハルを見《み》る部長《ぶちょう》の表情《ひょうじょう》がけわしくなる。

「本当《ほんとう》か、春川《はるかわ》」

「ああ」

ハルはズボンのポケットに手《て》を突《つ》っこみ、ニヤリと笑《わら》った。

「俺《おれ》は、本当《ほんとう》のことを言《い》ったまでだけど？」

「……春川《はるかわ》。もう、お前《まえ》がいた頃《ころ》のサッカー部《ぶ》とはちがうんだ」

「だろうな。こんなクソみてぇな試合《しあい》……見《み》てて吐《は》き気《け》がする」

「ハル〜、あんま部長《ぶちょう》を熱《あつ》くさせんなよ〜。かわいそーだからー」

「部長《ぶちょう》さん〜？　ハルのことがなかったら、あんた今頃《いまごろ》、部長《ぶちょう》じゃないかもしれないよ〜？」

「そうだぜ、ハルに感謝《かんしゃ》しろよー！　ギャハハハッ!!」

ハルたちの野次《やじ》に、部長《ぶちょう》の顔《かお》がみるみる怒《いか》りに染《そ》まっていく。

それは、部員《ぶいん》たちも同《おな》じだ。ハルたちの部長《ぶちょう》への侮辱《ぶじょく》に、彼《かれ》らも殺気立《さっきだ》っていた。

（なんなの、これ）

挑発的《ちょうはつてき》に笑《わら》うハル。私《わたし》の知《し》っているハルは、あんな風《ふう》に笑《わら》ったりしない。

「……ちがう」

私《わたし》の足《あし》は、勝手《かって》にハルの所《ところ》へ走《はし》りだした。

「ユウナちゃん!?」

恭介《きょうすけ》くんが呼《よ》ぶ声《こえ》がしたけど、私《わたし》の足《あし》は止《と》まらない。

「ハル!」

私《わたし》は、ありったけの声《こえ》で叫《さけ》んだ。

それだけで、いつも小《ちい》さい声《こえ》しか発《はっ》しない私《わたし》の喉《のど》が悲鳴《ひめい》をあげる。

「……お前《まえ》……」

ハルが、私《わたし》の声《こえ》に振《ふ》りかえった。

「なんで、そういうこと言《い》うの?　ちがうでしょ?」

ハルが、私《わたし》をきつくにらんでくる。

それでも、泣《な》きだしてしまいそうになるのをこらえて、私《わたし》は必死《ひっし》に訴《うった》える。

「……ハル。本当《ほんとう》は、サッカーしたいんでしょ?」

私《わたし》の言葉《ことば》に、ハルの目《め》が大《おお》きく見開《みひら》かれた。

「ユウナちゃん!」

私《わたし》に追《お》いついた恭介《きょうすけ》くんに、肩《かた》をつかまれたけど気《き》にしない。

私《わたし》は叫《さけ》ぶのを、やめない。

「ハル、サッカー好《す》きだよね？」

「ユウナちゃん！　それ以上《いじょう》は……」

恭介《きょうすけ》くんたちが私《わたし》を本格的《ほんかくてき》に制《せい》する。でも、私《わたし》は止《と》まらない。するどいハルの視線《しせん》に、体《からだ》がふるえる。

でも、言《い》わなきゃ。……今《いま》、言《い》わなきゃ。

心《こころ》の奥底《おくそこ》からこみあげてくる気持《きも》ちが、臆病《おくびょう》な私《わたし》を突《つ》きうごかした。

「自分《じぶん》の気持《きも》ちを、無視《むし》しないで」

「…………」

「ハル、……サッカーやって！」

しん、とあたりが静《しず》まりかえる。くもり空《ぞら》から、ポツリポツリと雨《あめ》が降《ふ》ってきた。

部長《ぶちょう》が、ギィと金網《かなあみ》の戸《と》を開《あ》けた。

「こいよ。そんなにサッカーがしたいなら、いくらでもやらせてやる」

「いくな！　ハル！　山本《やまもと》の挑発《ちょうはつ》に乗《の》るんじゃない！」

恭介《きょうすけ》くんが、ハルを止《と》めようとする。でも、ハルはグラウンドに一歩《いっぽ》、その足《あし》を踏《ふ》みだした。

雨《あめ》の中《なか》、ＰＫ戦《ピーケーせん》が行《おこな》われることになった。

そこには、たった二人《ふたり》だけ。山本部長《やまもとぶちょう》とハルの、一騎討《いっきう》ち。

私《わたし》は雨《あめ》に濡《ぬ》れながら、金網《かなあみ》の外《そと》でハルを見守《みまも》る。

「こうなったら、今《いま》のハルを誰《だれ》も止《と》めることはできないよ。ユウナちゃん、ハルの姿《すがた》をしっかり見《み》ていてやって」

恭介《きょうすけ》くんの肩《かた》がふるえているのがわかる。

少《すこ》しぬかるんだ地面《じめん》の上《うえ》で、ハルはサッカーボールを蹴《け》った。

その前《まえ》に一瞬《いっしゅん》だけ、ハルがこちらを見《み》たような気《き》がした。

その瞳《ひとみ》は、自信満々《じしんまんまん》な態度《たいど》とは真逆《まぎゃく》で、まるで、泣《な》きだしてしまう前《まえ》のような、今《いま》の空模様《そらもよう》みたいな、そんな印象《いんしょう》を受《う》けた。

ハルが、サッカーボールを蹴《け》る。思《おも》い切《き》り蹴《け》ったそのボールは、……弱々《よわよわ》しい動《うご》きをしていて、なんの威力《いりょく》もないまま、コロコロとゴールポストに無様《ぶざま》に当《あ》たり、それっきり動《うご》くことは、なかった。

「は……はは……なんだこれ……！」

「あんな自信満々《じしんまんまん》でこのザマかよ！　マジ笑《わら》えんだけど。春川《はるかわ》って、サッカースゲーんじゃねーの？」

「あーそれ昔《むかし》の話《はなし》だし！　ダッセー！」

どっと、大勢《おおぜい》の笑《わら》い声《ごえ》に包《つつ》まれる。

「全然《ぜんぜん》ダメじゃん」

ハルのシュートを、サッカー部員《ぶいん》が口々《くちぐち》にののしる。

部長《ぶちょう》が、立《た》ちつくすハルの隣《となり》を横切《よこぎ》っていった。

「おい、春川《はるかわ》」

「…………………」

「カスは、どっちの方《ほう》だろうな？」

なんで……？　ハルはサッカーがうまいんじゃないの？

一年《ねん》でレギュラーになって、ハルのシュートは三年生《ねんせい》でも止《と》められないって、そうハルは私《わたし》に言《い》っていた。

「開《あ》けてっ！　ここを開《あ》けなさいよっ!!」

いつの間《ま》にきたのか、奈々《なな》ちゃんが金網《かなあみ》をガチャガチャゆらしていた。

「……あんた……」

奈々《なな》ちゃんが、私《わたし》の存在《そんざい》に気《き》がつく。金網《かなあみ》から腕《うで》を離《はな》し、こちらに向《む》かって歩《ある》いてきた。

パンッ！　一瞬《いっしゅん》、なにが起《お》こったのかわからなくて、混乱《こんらん》する。

頬《ほお》が熱《あつ》い。私《わたし》、奈々《なな》ちゃんに……ぶたれた？

「あんた、自分《じぶん》がハルになにしたか、わかってんの!?」

冷《つめ》たい雨《あめ》がざあざあ降《ふ》っている。奈々《なな》ちゃんに打《う》たれた頬《ほお》がじんじん痛《いた》みだす。

「ハルはねぇ……ハルは……」

痛《いた》い。……なんで、こんなに痛《いた》いんだろう。

「ハルは……ハルは一生《いっしょう》、サッカーができない体《からだ》なのに！」

その言葉《ことば》に、私《わたし》の目《め》から雨《あめ》よりも熱《あつ》い涙《なみだ》があふれた。

金網《かなあみ》の戸《と》を恭介《きょうすけ》くんが蹴《け》やぶり、みんなあわててハルの元《もと》に駆《か》け寄《よ》る。

ハルは、どしゃ降《ぶ》りの雨《あめ》の中《なか》……ただ、立《た》っていた。

私《わたし》は、ハルの所《ところ》へいく資格《しかく》がない気《き》がして、金網《かなあみ》の外《そと》からハルをながめる。

ふと。ハルが顔《かお》をあげて、私《わたし》を見《み》た。

「これで、……満足《まんぞく》かよ」

今《いま》までハルの口《くち》から聞《き》いたこともないような、低《ひく》くて、冷《つめ》たくて、無機質《むきしつ》な声《こえ》。

ハルは、そうつぶやいて自嘲的《じちょうてき》に笑《わら》うと、糸《いと》の切《き》れた人形《にんぎょう》のように倒《たお》れてしまった。

泥水《どろみず》に浸《つ》かるハルの体《からだ》。まるで全《すべ》てが、スローモーションみたいに、ゆっくりと動《うご》く。

「ハル？　……ハル!?」

「おい、ハル？　返事《へんじ》しろよ！　やっべぇ、ハル、意識《いしき》ねーぞ！」

「救急車《きゅうきゅうしゃ》だ！　誰《だれ》か、携帯《けいたい》！」

奈々《なな》ちゃんに膝枕《ひざまくら》をされているハルは、ピクリとも動《うご》かない。

遠《とお》くから聞《き》こえるサイレンの音《おと》を、私《わたし》は他人事《ひとごと》のように聞《き》いていた。

……私《わたし》……どうしよう……私《わたし》、私《わたし》、私《わたし》、……。

パニックになる私《わたし》をよそに、雨《あめ》は強《つよ》さを増《ま》していくだけだった。

どこをどう歩《ある》いて帰《かえ》ったのか、おぼえていない。

ずぶぬれのまま部屋《へや》に入《はい》ってきた私《わたし》に、ハルがおどろいた顔《かお》をした。

「どうした、ユウナ！　ひでーずぶぬれ」

「……………」

「大丈夫《だいじょうぶ》か？　そのままだと、風邪《かぜ》ひくぞ」

「……う……」

「……ユウナ？」

「わ、私《わたし》……私《わたし》……」

差《さ》しのべられたハルの腕《うで》をすりぬける。

「私《わたし》なんかの、心配《しんぱい》しないで……！　優《やさ》しくしないで……！　私《わたし》、私《わたし》……」

「落《お》ち着《つ》け、ユウナ。なにがあった？」

私《わたし》は部屋《へや》の隅《すみ》っこで、泣《な》いた。

この部屋《へや》の中《なか》で、ハルから一番遠《いちばんとお》い場所《ばしょ》で、泣《な》きだした。

ハルの優《やさ》しい表情《ひょうじょう》が痛《いた》い。奈々《なな》ちゃんにぶたれた頬《ほお》より、全然痛《ぜんぜんいた》い。

「私《わたし》……ハルに最低《さいてい》なこと、しちゃった……」

「俺《おれ》に？」

「ごめ……ハル、ごめん」

膝《ひざ》を抱《かか》え、顔《かお》をうめる。けど、すぐそばに、ハルの気配《けはい》を感《かん》じた。

「……ハルに、サッカーしてほしくて……私《わたし》、無理矢理《むりやり》……ハルに、サッカーやらせたの……」

「…………！」

「ハル、サッカー大好《だいす》きなのに、それならサッカーすればいいのにって……そんな……軽《かる》く考《かんが》えてて……」

嗚咽《おえつ》がじゃまをして、言葉《ことば》をうまくつむぐことができなかった。

「俺《おれ》、サッカーできなかっただろ」

「……………」

「カッコ悪《わる》かったろ。嫌《きら》いになったか？」

私《わたし》はふるふると首《くび》を横《よこ》に振《ふ》った。

ぽん、と。ハルの大《おお》きい手《て》が私《わたし》の頭《あたま》に乗《の》せられた。

「じゃあ、いい」

「……………」

「むしろ、ごめん。ちゃんとサッカー辞《や》めた理由《りゆう》、言《い》わなかった俺《おれ》が悪《わる》い」

ハルが私《わたし》をそっと抱《だ》きしめてくれた。その優《やさ》しい仕草《しぐさ》に、余計《よけい》に涙《なみだ》があふれる。

その胸《むね》はすごく温《あたた》かくて、気《き》を失《うしな》ったハルの冷《つめ》たい顔《かお》が、嘘《うそ》みたいに思《おも》えた。

「……俺《おれ》のこと、話《はな》しても、いいか？」

「……うん……」

私《わたし》たちは、部屋《へや》の隅《すみ》っこで抱《だ》き合《あ》ったまま。

ハルは私《わたし》を胸《むね》に抱《だ》きながら、ゆっくりと自分《じぶん》のことを話《はな》しはじめた。

「俺《おれ》の父《とう》さんはさ、忙《いそが》しくてなかなか家《いえ》に帰《かえ》ってこなかったんだ。子供《こども》の頃《ころ》からずっと母《かあ》さんと二人《ふたり》で、夕飯《ゆうはん》食《た》べてた。

時々《ときどき》、母《かあ》さんが泣《な》いてるのを、見《み》かけることがあったけど、でもそれは、父《とう》さんが家《いえ》にいなくてさびしいからだって思《おも》ってた。

けど、本当《ほんとう》は……父《とう》さん、浮気《うわき》してた。

高校《こうこう》に入学《にゅうがく》してから、母《かあ》さんが酒《さけ》ばっか飲《の》むようになった。

母《かあ》さんの心《こころ》は、どんどんこわれてった。

俺《おれ》バカだから、全然《ぜんぜん》気《き》がついてあげられなくてさ。今《いま》思《おも》うと、母《かあ》さんは俺《おれ》のこと守《まも》ってくれてたんだな。

だって、家《いえ》があんなになるまで、俺《おれ》は俺《おれ》のことを幸《しあわ》せだって思《おも》ってたから。

高《こう》一の夏休《なつやす》みくらいかな。父《とう》さんが、突然《とつぜん》家《いえ》に帰《かえ》ってきて、母《かあ》さんに離婚届《りこんとどけ》渡《わた》したんだ。

母《かあ》さんが、持《も》ってたワインの瓶《びん》を落《お》とした。俺《おれ》。あの時《とき》、割《わ》れたガラスの音《おと》が今《いま》も耳《みみ》から離《はな》れないんだ。

あっという間《ま》の出来事《できごと》で、母《かあ》さんが割《わ》れた瓶《びん》を父《とう》さんに刺《さ》そうとしてて……その時《とき》、俺《おれ》の頭《あたま》の中《なか》には、父《とう》さんと母《かあ》さんとみんなで遊園地《ゆうえんち》いったりして、楽《たの》しかった思《おも》い出《で》が、場《ば》ちがいに流《なが》れてて……。

気《き》がついたら、俺《おれ》、二人《ふたり》の間《あいだ》に飛《と》びだしてた。

で、なんか、足《あし》が痛《いて》えなって。まわり見《み》たら母《かあ》さん、あいかわらず泣《な》いてるし。父《とう》さんがおどろいた顔《かお》してて……あーって。

足《あし》。俺《おれ》の足《あし》に、……ガラス、刺《さ》さったんだ、って。

すぐに病院《びょういん》いったんだけど、サッカーみたいな激《はげ》しいスポーツは、もう無理《むり》だって言《い》われた。

ショックで……ショックじゃねえな。ショックの上《うえ》ってなんだろうな。

本当《ほんとう》に、あの頃《ころ》の俺《おれ》は、バカでワガママで……そんな性格《せいかく》だったから、腹《はら》が立《た》ったんだ。

夢《ゆめ》はプロのサッカー選手《せんしゅ》だった。俺《おれ》の目標《もくひょう》をうばった両親《りょうしん》が、憎《にく》くなった。

だから、……俺《おれ》、つい言《い》っちゃったんだ。

二人《ふたり》に『俺《おれ》なんて、生《う》まれてこなきゃよかった！』って。

軽《かる》い気持《きも》ちだった。俺《おれ》、思《おも》ったことすぐに口《くち》にするタイプだったから、両親《りょうしん》に言《い》いたい放題《ほうだい》、甘《あま》えて育《そだ》ってきたから……。

でも、でも……俺《おれ》、本当《ほんとう》に……本当《ほんとう》は、そんなこと、全然《ぜんぜん》、思《おも》ってなんか、なくて……」

ハルは、泣《な》いていた。

「母《かあ》さん、死《し》んじゃった。

あの後《あと》……病院《びょういん》の、屋上《おくじょう》から……俺《おれ》のせいだ。

俺《おれ》のせいで、俺《おれ》が、あんなこと言《い》ったから。

母《かあ》さんには、俺《おれ》しかいなかったのに……」

ハルは、小《ちい》さな子供《こども》みたいにふるえていた。

泣《な》き声《ごえ》ひとつもらさず、ただ静《しず》かに涙《なみだ》を流《なが》していた。

だから、今度《こんど》は私《わたし》がハルを胸《むね》に抱《だ》きしめた。

背《せ》の高《たか》いハルが、今《いま》は小《ちい》さな子供《こども》のようでたよりない。

「ごめん、ハル……ごめんね……思《おも》い出《だ》させて、ごめんなさい」

恭介《きょうすけ》くんが言《い》ってたみたいに、私《わたし》にハルをいやす力《ちから》があればいいのに。

ハルの心《こころ》を少《すこ》しでも楽《らく》にしてあげることができたらいいのに。

私《わたし》は、ハルを腕《うで》に抱《だ》くことしかできなくて、彼《かれ》の髪《かみ》に顔《かお》をふせた。

7章《しょう》 病院《びょういん》

病院《びょういん》は嫌《きら》い。

けれど、ハルが入院《にゅういん》したと教《おし》えられたから、私《わたし》はこの白《しろ》い建物《たてもの》の中《なか》にみんなといる。

ナースセンターで教《おし》えられた病室《びょうしつ》を探《さが》す。

「あった。ここだよ」

そこは個室《こしつ》で、入《い》り口《ぐち》に『春川《はるかわ》　彼方《かなた》』と書《か》いてあった。

「キョーちゃんも、くるって。ユウナにも会《あ》いたいって」

恭介《きょうすけ》くんと電話《でんわ》をしていた由香《ゆか》が、遅《おく》れてやってきた。

「……………………」

白《しろ》いカーテンの向《む》こうに、ハルがいた。

もともと白《しろ》い肌《はだ》は、ますます青白《あおじろ》くなっていて、まるで、陶器《とうき》でできた人形《にんぎょう》みたいだ。

「……ハル……」

返事《へんじ》は、ない。

トントン。突然《とつぜん》、ノックの音《おと》が部屋《へや》に響《ひび》いた。

「誰《だれ》だろ？」

「きっと、キョーちゃんだよ。すぐにくるって言《い》ってたもん」

飛《と》びだしていった由香《ゆか》が、扉《とびら》を開《ひら》く。

そこには、恭介《きょうすけ》くんではなく、花束《はなたば》を持《も》った奈々《なな》ちゃんが立《た》っていた。

「あっ♪　由香《ゆか》さんだぁ。ハルのお見舞《みま》いにきてくれたんですかぁ？」

奈々《なな》ちゃんが長《なが》いまつ毛《げ》をパチパチ瞬《また》かせ、私《わたし》たちを見《み》た。

「それに、千佳《ちか》さんもっ♪　……ユウナさんも」

私《わたし》を見《み》る奈々《なな》ちゃんの目《め》が、ナイフのようにするどい。

「ごめんなさいっ。ハル、まだ目《め》が覚《さ》めないんですよぉ〜っ。でもっ、お医者《いしゃ》さんが精密検査《せいみつけんさ》しても異常《いじょう》ナシだったから、ダイジョウブって言《い》ってましたぁ♪」

奈々《なな》ちゃんが、ベッドサイドに花《はな》を飾《かざ》る。

白《しろ》いかすみ草《そう》に縁《ふち》どられたキャンディーピンクの花《はな》たちが、この病室《びょうしつ》にひどく不似合《ふにあ》いな気《き》がした。

「でも、奈々《なな》ビックリしましたぁ。まさか、ユウナさんも、ハルのお見舞《みま》いにくるなんて」

「なによ。ユウナがきちゃ悪《わる》いワケ？」

「悪《わる》いってゆーかぁ……」

奈々《なな》ちゃんがかわいらしい仕草《しぐさ》で、困《こま》ったように小首《こくび》をかしげた。

「フツーは、こられないですよねっ。自分《じぶん》のせいでハルがこんな風《ふう》になったのに、ユウナさんスゴイですねっ♪　もうマジで奈々《なな》、ビックリなんですけどぉっ！」

「は、はああ!?　言《い》っていいことと悪《わる》いことの区別《くべつ》もつかないのっ!?」

「帰《かえ》って」

冷《つめ》たい目《め》で、奈々《なな》ちゃんは私《わたし》を見《み》た。

「帰《かえ》ってよ。あんたたちの薄《うす》っぺらい友《とも》だちごっこ見《み》てんの、ウザイ」

「二人《ふたり》とも、帰《かえ》ろう」

「けど、ユウナ！」

「奈々《なな》ちゃんの言《い》ってることは、正《ただ》しいよ」

私《わたし》は、奈々《なな》ちゃんに頭《あたま》を下《さ》げた。

「お騒《さわ》がせして、ごめんなさい」

奈々《なな》ちゃんに謝《あやま》って、私《わたし》は病室《びょうしつ》を後《あと》にした。
恭介《きょうすけ》くんがくるのを待《ま》たず、私《わたし》だけ帰宅《きたく》してしまった。
今《いま》、恭介《きょうすけ》くんに会《あ》ってしまったら、私《わたし》はきっととりみだしてしまうにちがいない。
帰《かえ》りの電車《でんしゃ》はガラガラで、乗客《じょうきゃく》がいないのをいいことに私《わたし》は静《しず》かに泣《な》いた。

8章《しょう》 秘密《ひみつ》

昨日《きのう》は奈々《なな》ちゃんのことがショックで、あまり眠《ねむ》れなかった。

寝不足《ねぶそく》だけど、学校《がっこう》にはいかなければならない。

本当《ほんとう》は、優《やさ》しいハルとこの部屋《へや》でずっといっしょにいたいけど、そんなのは逃《に》げだってわかってる。

今朝《けさ》も、自分《じぶん》をごまかしていつものように登校《とうこう》し、教室《きょうしつ》の扉《とびら》を開《あ》けた。

自分《じぶん》の座席《ざせき》に座《すわ》ると水島《みずしま》さんが、話《はな》しかけてきた。

「……森下《もりした》さん……」

「あ、水島《みずしま》さん。おはよう」

「…………なにか、あったみたいね」

「……え？」

水島《みずしま》さんの湖《みずうみ》のような瞳《ひとみ》が、不思議《ふしぎ》にゆらめいた。

「……背《せ》が、高《たか》いのね……」

私《わたし》の身長《しんちょう》は、どちらかと言《い》えば低《ひく》い方《ほう》だ。背《せ》が高《たか》いなんて言《い》われたことはない。

「……茶髪《ちゃぱつ》で、シャープな顔立《かおだ》ち……。……そう、サッカーが好《す》きなの……」

謎《なぞ》めいた言葉《ことば》だけを語《かた》り、水島《みずしま》さんは口《くち》をつぐんだ。

ふ、と。つまらなそうに私《わたし》から視線《しせん》を外《はず》す。

「水島《みずしま》さん？」

去《さ》っていく水島《みずしま》さんに呼《よ》びかける。

「なに？　……もしかして、ハルのこと……？」

水島《みずしま》さんが語《かた》った人物像《じんぶつぞう》に、私《わたし》が思《おも》いあたるのはハルだけだった。

「……森下《もりした》さん。…………満足《まんぞく》？」

「ま、満足《まんぞく》って……」

「……ね。そろそろ…………ね？」

廊下《ろうか》の窓《まど》から、風《かぜ》が吹《ふ》いた。

水島《みずしま》さんの長《なが》い黒髪《くろかみ》が、サラサラと風《かぜ》に靡《なび》く。

水島《みずしま》さんは、変《か》わってるから。今《いま》の水島《みずしま》さんの言葉《ことば》も、その一言《ひとこと》で片付《かたづ》けてしまえばいい。だけど、私《わたし》の心《こころ》に棘《とげ》のようにひっかかる。

予鈴《よれい》が校舎《こうしゃ》に鳴《な》りひびいた。でも、水島《みずしま》さんは戻《もど》ってこない。

どうしていいかわからなくて、小《ちい》さくなっていく水島《みずしま》さんの背中《せなか》をただ見《み》つめることしかできなかった。


授業《じゅぎょう》が終《お》わり、そのまままっすぐ家《いえ》に帰《かえ》るとママが私《わたし》のところに飛《と》んできた。

「ユウナ、ママ怖《こわ》い！」

「ただいま、ママ。どうしたの？　そんなにあわてて」

「聞《き》いて！　さっき、ユウナの部屋《へや》に男《おとこ》の子《こ》がいたの！」

(きっと、ハルのことだ)

「ママの気《き》のせいじゃないの？」

「ちがうわよ～！　ママ、この目《め》ではっきり見《み》たもの！」

興奮《こうふん》しているのか、ママはマシンガンみたいに早口《はやくち》で捲《まく》したてた。

「あれは気《き》のせいなんかじゃないわ、絶対《ぜったい》に！　あのね、ユウナの部屋《へや》へ掃除《そうじ》しに入《はい》ったら……男《おとこ》の子《こ》が、テレビの前《まえ》に座《すわ》ってたの……」

……まちがいない。ハルのことだ。

「ママもうビックリして、掃除機落《そうじきお》としちゃったもの！　でね。男《おとこ》の子《こ》が振《ふ》りかえって、こっちを見《み》た瞬間《しゅんかん》……」

「…………………」

「……消《き》えたのよ。目《め》の前《まえ》から、……すうっと……」

ママは、テレビの心霊番組《しんれいばんぐみ》のナレーターのような口調《くちょう》で語《かた》っている。

ハルより、よっぽどママの話《はな》し方《かた》の方《ほう》が怖《こわ》いんだけど。

「しかもよ、テレビはつけっぱなしのままだったの。テレビの電源《でんげん》を消《け》したけど、思《おも》いかえすとゾーッとしちゃって」

「ふーん」

ハル、テレビの途中《とちゅう》でママに消《け》されたんだ。怒《おこ》ってなきゃいいけど。

「……あら。あんまりおどろかないのね。ユウナは怖《こわ》がりだから、もっとおどろくかと思《おも》ったのに。つまんないわねー」

残念《ざんねん》そうにママが愚痴《ぐち》る。

「……あ。ううん！　おどろいてるよ！　ビックリしすぎて、なにも言《い》えなかっただけ！」

ハッと我《われ》に返《かえ》り、あわててママのフォローをする。

(たしかに、いつもの私《わたし》だったら怖《こわ》くて叫《さけ》んでたかも)

「やっぱり、これって、……アレなのかしらね」

ママが神妙《しんみょう》な顔《かお》つきをする。

「アレって？」

「…………幽霊《ゆうれい》よ」

ママは、ぶるりとおおげさにふるえた。

「ママ、幽霊《ゆうれい》なんて信《しん》じてなかったけど、本当《ほんとう》にいるのねえ」

ハルが、幽霊《ゆうれい》かあ。前《まえ》に疑《うたが》ったこともあったけど、あんな元気《げんき》な幽霊《ゆうれい》いないと思《おも》う。

「どうしようかしら。こういうのって、お祓《はら》いとかたのめばいいのかしらね」

「大丈夫《だいじょうぶ》だよ。ママ、最近忙《さいきんいそが》しかったから疲《つか》れてるんだよ」

「そうかしら。でも、たしかにハッキリ見《み》え……」

「あ〜。私《わたし》、部屋《へや》にいって着替《きが》えてくるね！」

私《わたし》は自分《じぶん》の部屋《へや》へいこうと、階段《かいだん》をのぼった。

「ユウナ〜！　なにか見《み》たらすぐ言《い》うのよ〜！」

「わかったよ、わかったから。大丈夫《だいじょうぶ》だって！　……はあ」

階段《かいだん》の下《した》からまだママが呼《よ》びかけてくる。先走《さきばし》ったママが、お坊《ぼう》さんとか祈祷師《きとうし》とか呼《よ》ばなきゃいいけど。

部屋《へや》に入《はい》って、ホッと安心《あんしん》する。

「お前《まえ》の母《かあ》さん、おっもしれーな」

「…………」

「マジ、いいキャラしてるよ」

ハルが楽《たの》しそうに笑《わら》う。それ、ほめてないよね？

私《わたし》と目《め》が合《あ》ったハルが、ニヤッと笑《わら》う。完全《かんぜん》に、おもしろがってる。

「でも、なんで急《きゅう》にママは、ハルのことが見《み》えだしたんだろう」

「さあ」

「さあって、ハルは気《き》にならないの？」

「俺《おれ》。考《かんが》えてもどうにもならないことは、放置《ほうち》しとくタイプだから」

「…………」

「まーまー。座《すわ》ってテレビでも見《み》ようぜ」

ハルは、定位置《ていいち》になっているベッドに腰《こし》を下《お》ろした。

「ねえ。ママが完全《かんぜん》にハルのこと見《み》えはじめたら、どうするの？」

「そん時《とき》はそん時《とき》、だろ」

なんでもないことのように言《い》ってのけ、ハルはテレビのチャンネルを変《か》えた。

「なんだったら、幽霊《ゆうれい》の真似《まね》でもしてやろうか？」

「や、やめてよ！」

そんなことをしたら、ミーハーなママのことだ。

霊媒師《れいばいし》を呼《よ》ばれるどころか、テレビのその手《て》の番組《ばんぐみ》に連絡《れんらく》しかねない。

「あんまさ、考《かんが》えこむなよ。いざって時《とき》は、ちゃんと俺《おれ》も考《かんが》えるからさ」

ハルは笑《わら》ってそう言《い》うけど、私《わたし》は不安《ふあん》で仕方《しかた》なかった。

それはまるで、きれいな水《みず》に一滴《いってき》、黒《くろ》いインクが広《ひろ》がっていくような、不安《ふあん》。

ハルを好《す》きになってからはじまった、不思議《ふしぎ》な共同生活《きょうどうせいかつ》。

こんなことがなければ、ハルと一生《いっしょう》知《し》り合《あ》う機会《きかい》なんてなかったかもしれない。

本当《ほんとう》なら、ハルは私《わたし》なんかよりかわいい彼女《かのじょ》がいて、たくさんの友《とも》だちに囲《かこ》まれて。私《わたし》なんかといるより、ずっと楽《たの》しいはずだ。

私《わたし》みたいなちっぽけな人間《にんげん》が、ハルを独占《どくせん》してる。

そんなの、ハルにとっていいワケがない。

私《わたし》、無意識《むいしき》にハルがここにいてくれることを望《のぞ》んでる？

ふいに頭《あたま》の中《なか》をよぎった考《かんが》えに、思《おも》わずドキッとする。

自分《じぶん》で自分《じぶん》のことが、怖《こわ》くなってしまう。

ハルに、ここから出《で》ていってほしくないって願《ねが》ってる……？　ハルは、ここから出《で》たがってるのに。

だって、ハルがここからいなくなったら、ハルは奈々《なな》ちゃんのものになってしまう。

家《いえ》に帰《かえ》ったら、必《かなら》ずハルがいてくれる。笑《わら》って「お帰《かえ》り」を言《い》ってくれる。

大好《だいす》きなあの笑顔《えがお》を、私《わたし》だけに向《む》けてくれる。

もう、ハルがいない生活《せいかつ》なんて、私《わたし》には考《かんが》えられないよ。

「……ユウナ？」

急《きゅう》に名前《なまえ》を呼《よ》ばれ、私《わたし》はビクリと体《からだ》をふるわせた。

心《こころ》の中《なか》の邪《よこしま》な想《おも》いを、ハルに見透《みす》かされたんじゃないかって不安《ふあん》になる。

でも、ハルは不思議《ふしぎ》そうに私《わたし》を見《み》ているだけだった。

「なんだあ、まだビビッてんのか？」

「別《べつ》に、そういうわけじゃ……」

「ほら、こっちこいよ」

ハルが、ぐいっと私《わたし》の腕《うで》を引《ひ》っぱった。

「きゃ！」

強制的《きょうせいてき》に、ハルの隣《となり》に座《すわ》らされる。

「ユウナが悩《なや》むことなんて、なんもないからな……悪《わる》いのは、俺《おれ》なんだから」

窓《まど》から入《はい》る夕陽《ゆうひ》に染《そ》まったハルの横顔《よこがお》が、見《み》とれるくらい美《うつく》しかった。

「ここにきた頃《ころ》は、わけわかんねーわ、とにかく眠《ねむ》いわで、そこら辺考《へんかんが》える余裕《よゆう》はなかったけどさ。でも、今《いま》になって思《おも》う。ユウナにとったら、迷惑《めいわく》な話《はなし》だよな」

くしゃ、と乱暴《らんぼう》にハルは長《なが》い前髪《まえがみ》をかきあげた。

「女《おんな》の子《こ》の部屋《へや》に、見《み》ず知《し》らずのオトコが突然入《とつぜんはい》りこんで出《で》ていかねえなんて、俺《おれ》が逆《ぎゃく》の立場《たちば》だったら、絶対《ぜったい》いやだね」

「ハル。私《わたし》、迷惑《めいわく》だなんて、一度《いちど》も思《おも》ったこと、ないよ」

「あはは。サンキュ」

「……本当《ほんとう》、だよ」

私《わたし》を気遣《きづか》ってくれるハルの言葉《ことば》に、泣《な》きそうになる。

「ユウナは、優《やさ》しいな」

やわらかい表情《ひょうじょう》で微笑《ほほえ》むハルはとてもきれいで、見《み》ていて胸《むね》が苦《くる》しいほどだ。

ちがう、ちがうんだよハル。私《わたし》、優《やさ》しくなんかない。

自分《じぶん》のことしか考《かんが》えられない、ワガママな人間《にんげん》なの。

「あっ、おい！　ここ、泣《な》くとこだったか？」

「……ふっ、うう、……ごめん……」

「あ〜、ったく」

ハルが、そろりと両腕《りょううで》をあげると、そっと私《わたし》を抱《だ》きしめてくれた。

「こないだ。俺《おれ》が、その……泣《な》いた時《とき》……してくれただろ？」

ハルの胸《むね》に、顔《かお》をふせる。あったかい。ハルの匂《にお》いがする。

……神様《かみさま》。もし、神様《かみさま》がいるなら感謝《かんしゃ》したい。

私《わたし》の憧《あこが》れだった人《ひと》。恋《こい》した人《ひと》……大好《だいす》きな人《ひと》。

ハルといっしょにいられる幸《しあわ》せを与《あた》えてくれて、ありがとうございます。

でも、もう少《すこ》し。もう少《すこ》しだけ、夢《ゆめ》を見《み》ていていいですか……？

「ユウナ……？」

ハルに、ぎゅっとしがみつく。そうでもしないと、自分《じぶん》が崩《くず》れてしまいそうで。
私《わたし》みたいな普通《ふつう》の女《おんな》の子《こ》じゃ、ハルに釣《つ》り合《あ》わないんです。
自分《じぶん》に自信《じしん》がなくて、ながめてることしかできないんです。
いるのかいないのかわからない神様《かみさま》に、私《わたし》は必死《ひっし》で祈《いの》る。
お願《ねが》いします。ハルを、私《わたし》からとりあげないで……！

9章《しょう》 ガラスの欠片《かけら》

「いってきます」

「おう。いってら〜」

いつもどおり、部屋《へや》のドアの空気《くうき》の壁《かべ》にもたれながら、ハルが私《わたし》を見送《みおく》ろうとしたその時《とき》だった。

「うわっ！」

「ハル!?」

ハルの叫《さけ》び声《ごえ》におどろき、私《わたし》は後《うし》ろを振《ふ》りかえった。

「あれ、俺《おれ》」

ハルは扉《とびら》の向《む》こうの廊下《ろうか》に倒《たお》れたまま、呆然《ぼうぜん》としていた。

「……俺《おれ》、もしかして……部屋《へや》から出《で》られた？」

ハルが部屋《へや》から出《で》られるようになった理由《りゆう》はわからないけど、なぜか、このままハルといっしょに学校《がっこう》にいくことになってしまった。

「俺《おれ》、一回《いっかい》ユウナの学校《がっこう》いってみたかったんだ」

上機嫌《じょうきげん》で私《わたし》の隣《となり》を歩《ある》くハル。鼻歌《はなうた》まで聞《き》こえてきそうなくらい楽《たの》しそうだ。

歩《ある》いてる人《ひと》がハルにぶつかることもあったけど、みんな不思議《ふしぎ》そうな顔《かお》をして通《とお》りすぎていくだけだった。

でも、見《み》えるにも個人差《こじんさ》があるらしくハルがうっすら見《み》える人《ひと》もいて、ハルとすれちがった後《あと》、何度《なんど》もこちらを振《ふ》りかえっていたりした。

その度《たび》に、私《わたし》たちは笑《わら》いをかみころしたり、バレるかとドキドキしたり。

こんなに楽《たの》しい登校《とうこう》は、初《はじ》めてだった。

「おはよう」

教室《きょうしつ》に入《はい》る。いつもより遅《おく》れてきた私《わたし》に、千佳《ちか》と由香《ゆか》が明《あか》るく話《はな》しかけてきた。

「おっはよー！　ユウナ」

「ユウナ、まさかの遅刻《ちこく》!?　と思《おも》って、由香《ゆか》とメールしようとしてたんだよ」

「あはは。ちょっと、いろいろあってね」

さりげなく、二人《ふたり》の後《うし》ろに立《た》っているハル。

それが気《き》が気《き》じゃなくて、つい挙動不審《きょどうふしん》になってしまう。

「うわ。コイツら久《ひさ》しぶりに見《み》た！　お前《まえ》たち元気《げんき》だったか〜？」

なんて、ハルは二人《ふたり》の頭《あたま》をワシワシしはじめた。

ちょっとっ、ハル、やめてよ！　そう目《め》で訴《うった》えるが、思《おも》い切《き》り無視《むし》される。

「なんか、由香《ゆか》。頭《あたま》がもぞもぞするんだけど」

「き、気《き》のせいじゃないかな？　あはは……」

由香《ゆか》、こういうの敏感《びんかん》だったんだ。意外《いがい》だなあ。

「あ。キョーちゃんから電話《でんわ》だ」

由香《ゆか》が、携帯《けいたい》の着信《ちゃくしん》に気《き》がつく。その間《あいだ》に、私《わたし》はハルを教室《きょうしつ》の隅《すみ》に連《つ》れだした。

「もう、二人《ふたり》にイタズラしないでよ！」

「あっはっは！　おもしれーっ！」

「おもしろくないよ！　こっちはいつバレるかと思《おも》ってヒヤヒヤだよっ」

「大丈夫《だいじょうぶ》だって、誰《だれ》も俺《おれ》なんて見《み》えねぇよ。それより、今《いま》のお前《まえ》ハタから見《み》たら独《ひと》り言《ごと》つぶやく危《あぶ》ない人決定《ひとけってい》だぞ」

「え」

焦《あせ》って周囲《しゅうい》を見回《みまわ》す私《わたし》に、またハルが大笑《おおわら》いする。

そこへ、水島《みずしま》さんがゆっくりと私《わたし》たちに近《ちか》づいてきた。

「おはよう」

そうつぶやいた後《あと》、水島《みずしま》さんは誰《だれ》にも見《み》えないはずのハルに向《む》かって、挨拶《あいさつ》をした。

「あなたも、おはよう」

「……え……！」

ハルが、水島《みずしま》さんの言動《げんどう》におどろく。

「あんた」

呆気《あっけ》にとられる私《わたし》たちをよそに、水島《みずしま》さんは後《うし》ろの由香《ゆか》を指差《ゆびさ》した。

「キョーちゃん！　それ、本当《ほんとう》っ？」

恭介《きょうすけ》くんと電話《でんわ》をしている由香《ゆか》。すごく動揺《どうよう》している様子《ようす》がうかがえる。

「……そうなの……もう、終《お》わりなの……」

「なにがだよ。あんた、俺《おれ》が見《み》えるのか？」

あいかわらず無表情《むひょうじょう》の水島《みずしま》さん。その無表情《むひょうじょう》からは、なに一《ひと》つ感情《かんじょう》を読《よ》みとれない。

「……あなた……」

そうして、一呼吸置《ひとこきゅうお》くと……水島《みずしま》さんは、唄《うた》うようにつぶやいた。

「…………あなた、…………死《し》ぬ、のね…………」

「ユウナッ！　大変《たいへん》だよ。ハルが、……ハルがっ、危篤《きとく》だって！」

水島《みずしま》さんと由香《ゆか》の声《こえ》が、同時《どうじ》に重《かさ》なる。

「俺《おれ》が、死《し》ぬ？」

ハルが、他人事《ひとごと》のようにつぶやいた。

……ハルが、死《し》ぬ？

騒《さわ》がしい教室《きょうしつ》が、一瞬《いっしゅん》で無音《むおん》になった気《き》がした。

そんな中《なか》、水島《みずしま》さんは私《わたし》たちに興味《きょうみ》を失《うしな》ったように自分《じぶん》の座席《ざせき》に戻《もど》っていく。

「おい、待《ま》てよ」

去《さ》っていく水島《みずしま》さんの背中《せなか》を、ハルは呼《よ》びとめた。

「あんた、なんか知《し》ってんだろ？」

長《なが》くつややかな黒髪《くろかみ》をひるがえし、水島《みずしま》さんはハルに向《む》きあってくれた。

「おい、なんとか言《い》えよ」

水島《みずしま》さんを見据《みす》えるハル。ふうと、ひとつため息《いき》をつくと水島《みずしま》さんは私《わたし》の方《ほう》へ近《ちか》づいてきた。

「………だから、言《い》ったでしょう……満足《まんぞく》しなさい、って………」

そう言《い》えば、前《まえ》に水島《みずしま》さんがそんなことを言《い》っていたような気《き》がする。

でも、満足《まんぞく》って？　なにに対《たい》して、満足《まんぞく》しろって言《い》うの？

「なあ、もう一人《ひとり》の俺《おれ》は、本当《ほんとう》に死《し》ぬのか？　あっちの俺《おれ》が死《し》ぬ原因《げんいん》って、今《いま》ここにいる俺《おれ》にあるのか？」

水島《みずしま》さんは、答《こた》えない。あいかわらずその瞳《ひとみ》の色《いろ》は不思議《ふしぎ》に満《み》ちていて、誰《だれ》にも紐解《ひもと》くことができない。だから、ハルは勝手《かって》に話《はな》しつづける。

「俺《おれ》が死《し》んだら、ここにいる俺《おれ》も消《き》える、のか？」

ハルが、消《き》える？　ハルが、いなくなる？

「たのむ、教《おし》えてくれよ。どうすればいい？　どうすれば、俺《おれ》は、死《し》なない？　いったい、俺《おれ》になにが起《お》こってるんだ？」

「あなたがね……いけないのよ。森下《もりした》さんのそばにいられるだけで、満足《まんぞく》しなかったから。あなた、彼女《かのじょ》といたいのね……？　元《もと》の自分《じぶん》に戻《もど》りたくないのね？魂《たましい》だけの存在《そんざい》であるあなたが強《つよ》くなればなるほど、本来《ほんらい》の体《からだ》は弱《よわ》っていくのよ……？」

水島《みずしま》さんの冷《つめ》たい瞳《ひとみ》に、うなだれるハルの姿《すがた》が映《うつ》りこむ。

「ユウナッ！　一条病院《いちじょうびょういん》だって！　急《いそ》ごう」

焦れた千佳《ちか》に、私《わたし》は腕《うで》を強《つよ》くつかまれた。ハルはまだ、水島《みずしま》さんと話《はな》している……。

「お願《ねが》いだ、教《おし》えてくれ。俺《おれ》はどうしたら、死《し》なずに済《す》む？　俺《おれ》だって、こんなの医者《いしゃ》になんて治《なお》せないことくらい、なんとなくわかる」

「…………」

「たのむ」

ハルは、水島《みずしま》さんに頭《あたま》を下《さ》げた。

「……忘《わす》れなさい……」

水島《みずしま》さんは、あわれむようにハルを指差《ゆびさ》した。

「……あなたは、……逃《に》げたかった」

その言葉《ことば》に、ハルは息《いき》をのんだ。

「……そして、……あなたは……」

次《つぎ》に、水島《みずしま》さんは、私《わたし》を指差《ゆびさ》した。

「ユウナッ！」

水島《みずしま》さんと私《わたし》の間《あいだ》に、千佳《ちか》と由香《ゆか》が強引《ごういん》に割《わ》って入《はい》ってきた。

「ショックなのはわかるけど、病院《びょういん》いこう！　このままだとハル、死《し》んじゃうかもしれないんだよ！」

泣《な》きそうな顔《かお》で、由香《ゆか》が私《わたし》の肩《かた》をつかむ。

「いこう」

「……ハル……」

「俺《おれ》は、俺《おれ》のところにいく」

ハルは真剣《しんけん》な面持《おもも》ちで、私《わたし》といっしょに教室《きょうしつ》を後《あと》にした。

ハルは、なにがわかったんだろうか。

私《わたし》はあいかわらず、なにもわからないままだった。

10章《しょう》

君《きみ》と僕《ぼく》の部屋《へや》

私《わたし》たちは、ハルのいる病室《びょうしつ》を目指《めざ》す。同《おな》じ扉《とびら》、同《おな》じ壁《かべ》、同《おな》じ風景《ふうけい》。

ただ、白《しろ》くて無機質《むきしつ》な病院《びょういん》の中《なか》。永遠《えいえん》に続《つづ》くような長《なが》い長《なが》い廊下《ろうか》を、私《わたし》たちは無言《むごん》で歩《ある》いた。

やっとたどりついた病室《びょうしつ》から奈々《なな》ちゃんの悲鳴《ひめい》みたいな声《こえ》が聞《き》こえた。

「ハルッ！　……ハル‼」

奈々《なな》ちゃんのハルを呼《よ》ぶ悲痛《ひつう》な声《こえ》が、あたりに響《ひび》いている。

……信《しん》じられない、信《しん》じたくない、事態《じたい》。

わけのわからない機械《きかい》に、おおげさな点滴《てんてき》。たくさんのチューブにつながれ、ベッドに横《よこ》たわるハルの姿《すがた》が見《み》えた。

「…………っ！」

酸素《さんそ》マスクが、シューシュー音《おと》を立《た》てて、心電図《しんでんず》が、ピッ、ピッ、ピッ、……と、耳障《みみざわ》り。私《わたし》の内側《うちがわ》で、ずっとかくしてきた記憶《きおく》がよみがえる。そう、これは……死《し》の予感《よかん》。この音《おと》は、誰《だれ》かの死《し》を知《し》らせる旋律《せんりつ》。

私《わたし》は……パパを亡《な》くした夜《よる》のことを、思《おも》い出《だ》していた。

今《いま》まで、頭《あたま》の中《なか》の奥《おく》に、封印《ふういん》していた記憶《きおく》。パパの、最期《さいご》の姿《すがた》。

シュー、シュー、シュー。ピッ、ピッ、ピッ、ピッ。

ああ。……やめてやめてやめて……音《おと》を、止《と》めて。ずっと、……忘《わす》れていたいの。……忘《わす》れて、いたかったの……。

……パパも、ハルみたいに突然倒《とつぜんたお》れて……たくさんの機械《きかい》と、いろんな管《くだ》を体《からだ》のあちこちに通《とお》されて……。

私《わたし》がどんなに、どんなに、パパと呼《よ》んでも、返事《へんじ》がなくて……パパが私《わたし》を無視《むし》することなんて、今《いま》までなかったから。

おどろいて、悲《かな》しくて……それでも、……パパの声《こえ》が聞《き》きたくて、私《わたし》は、呼《よ》ぶのをやめることができなくて……。

叫《さけ》びつづける自分《じぶん》の声《こえ》が、だんだんかすれてきて、喉《のど》は痛《いた》かったけど、かまわずに何度《なんど》も何度《なんど》もパパを呼《よ》んで……それで、それで……！

頭《あたま》の中《なか》で、あの日《ひ》の出来事《できごと》が次々《つぎつぎ》とフラッシュバックしていく。

泣《な》いているママ。沈黙《ちんもく》するお医者《いしゃ》さん。そして、なにもできない、無力《むりょく》な私《わたし》。

過去《かこ》の記憶《きおく》が、私《わたし》をおじけづかせる。私《わたし》は、その場《ば》に崩《くず》れおちてしまった。

「いや……もう、イヤ……、こんなの、私《わたし》……無理《むり》……」

「ユウナ？」

「もう、無理《むり》なの……！　……もういやだぁ！」

私《わたし》の様子《ようす》に、おどろいた千佳《ちか》と由香《ゆか》が駆《か》け寄《よ》ってきた。

「ユウナ、……ユウナ……」

二人《ふたり》が、私《わたし》をしっかりと抱《だ》きしめてくれた。

「落《お》ち着《つ》いて、ユウナ。いっしょにいるよ。だから、大丈夫《だいじょうぶ》……大丈夫《だいじょうぶ》だよ……」

ふるえる私《わたし》を守《まも》るように、私《わたし》を包《つつ》みこんでくれる二人《ふたり》。

二人《ふたり》の体温《たいおん》のおかげで、冷《つめ》たくなった私《わたし》の体《からだ》はじょじょに温《あたた》かさをとりもどした。

「……ごめん……二人《ふたり》とも……」

「ううん。そんなこと、いいよ。ユウナ、……顔《かお》、まっ青《さお》だよ……大丈夫《だいじょうぶ》？」

「……ん。もう、平気《へいき》」

二人《ふたり》に座《すわ》ってるように言《い》われ、私《わたし》は待合室《まちあいしつ》に連《つ》れていかれた。

「はい。ユウナの好《す》きなココアだよ。なにかあればすぐに呼《よ》ぶから、ここにいなね！」

テーブルに置《お》かれた温《あたた》かいココア。ココアの缶《かん》を両手《りょうて》に包《つつ》みこみ、じんわりと伝《つた》わるココアの温《あたた》かさで冷《つめ》たくなった自分《じぶん》の手《て》のひらを温《あたた》める。

本当《ほんとう》は、私《わたし》もハルのところへいきたい。

けれど、こんな状態《じょうたい》じゃ逆《ぎゃく》に迷惑《めいわく》になってしまう。

ココアを、一口《ひとくち》飲《の》む。ホッとする優《やさ》しい甘《あま》さと温《あたた》かさが口《くち》いっぱいに広《ひろ》がった。

「……ユウナ」

気《き》がつけば、目《め》の前《まえ》にハルが立《た》っていた。

「俺《おれ》、……わかった」

「……え？」

「わかったんだよ。全部《ぜんぶ》」

ハルは私《わたし》の腕《うで》をつかみ、無理矢理《むりやり》立《た》ち上《あ》がらせた。

「帰《かえ》るぞ」

「帰《かえ》るって……ハルを置《お》いて……？」

もう一人《ひとり》のハルが気《き》になって、私《わたし》は病室《びょうしつ》の方《ほう》を見《み》た。

ハルが危険《きけん》な容態《ようだい》なのに、家《いえ》になんて帰《かえ》れないよ……。

「たぶん、『俺《おれ》』は、大丈夫《だいじょうぶ》だ。俺《おれ》は、消《き》えない」

よくわからないけど、ハルの顔《かお》には確信《かくしん》めいたものが浮《う》かんでいた。

「本当《ほんとう》に？」

ハルは私《わたし》の言葉《ことば》に黙《だま》ってうなずいてくれた。

「なんか、俺《おれ》。ずっと……お前《まえ》の部屋《へや》にいたような気《き》がする。一ヶ月《いっげつ》も、経《た》ってないのにな」

いつの間《ま》にか、ハルがいるのが当《あ》たり前《まえ》になっていた……私《わたし》の部屋《へや》。

ハルが、私《わたし》を見《み》つめる。私《わたし》も、ハルを見《み》つめかえす。

私《わたし》の部屋《へや》からはじまった。私《わたし》たちの、不思議《ふしぎ》な関係《かんけい》。

「最初《さいしょ》はマジでビックリした。だって、俺《おれ》、家《いえ》で寝《ね》てたはずだし」

「それは、私《わたし》だって同《おな》じだよ！　朝起《あさお》きたら、ハルが隣《となり》で寝《ね》てるんだもん」

「あはは！」

「笑《わら》いごとじゃないよ！　ビックリしすぎて、心臓《しんぞう》止《と》まるかと思《おも》ったよ」

「……俺《おれ》も」

ハルは、まぶしそうに窓《まど》から入《はい》るやわらかな日射《ひざ》しを見《み》ていた。

……ハル。窓《まど》から外《そと》を、いつもながめていたね。

「まさか、毎朝電車《まいあさでんしゃ》でいつも見《み》てたヤツと過《す》ごすことになるなんて……思《おも》ってもみなかった」

ハルは、まぶしそうな表情《ひょうじょう》で私《わたし》を見《み》つめた。

「俺《おれ》、電車《でんしゃ》に乗《の》ると……必《かなら》ずユウナの姿《すがた》、探《さが》してたから」

ハルの思《おも》いがけない言葉《ことば》に、私《わたし》はとまどう。

「ハルも……？　私《わたし》も、ハルのこと探《さが》してた……電車《でんしゃ》に乗《の》ると一番《いちばん》に、ハルの姿《すがた》、探《さが》してたよ
……」

「……そっか……」

ハルが、笑《わら》う。それは、私《わたし》の一番大好《いちばんだいす》きな笑顔《えがお》。

今日《きょう》は雲一《くもひと》つないほどの晴天《せいてん》で、泣《な》きたいくらい青《あお》い青《あお》い空《そら》が、窓《まど》から見《み》えた。

……瞬間《しゅんかん》。ハルは息《いき》もできないくらいの強《つよ》さで、私《わたし》を抱《だ》きしめた。

「……俺《おれ》っ……」

少《すこ》しだけかすれた、切羽詰《せっぱつ》まったような低《ひく》い声《こえ》で、ハルが私《わたし》の耳許《みみもと》でささやく。

「俺《おれ》、ユウナのこと……。ずっと、好《す》きだった」

きつく抱《だ》きしめられているから、ハルの顔《かお》を見《み》ることができない。

だから、そのぶん……強《つよ》く強《つよ》く……私《わたし》もハルを抱《だ》きかえした。

私《わたし》の想《おも》いが伝《つた》わるように、強《つよ》く。

「……私《わたし》も……ハルを、見《み》てた。ハルのことが、ずっとずっと好《す》きだったよ……」

「はは、……ずっとか」

「うん。ずっと……好《す》きだった」

ハルは、私《わたし》を離《はな》さない。私《わたし》も、ハルを離《はな》したりしない。

だから、私《わたし》たちはおたがいの温《ぬく》もりをたよりに話《はな》しつづけた。

「それ、いつからだ？」

「一年《ねん》くらい前《まえ》だと思《おも》う。ハルを、電車《でんしゃ》で見《み》かけるようになってから」

「じゃあ、俺《おれ》の方《ほう》が先《さき》だな」

「え？」

「俺《おれ》の方《ほう》が、ずっと前《まえ》から……ユウナを好《す》きだったたってこと」

ようやく、ハルは私《わたし》の体《からだ》を離《はな》した。それは、まるで体《からだ》の一《いち》部《ぶ》を持《も》っていかれたような感《かん》じで、とても心《こころ》もとない。

「ハル、……私《わたし》のこと、知《し》ってたの？」

「ああ」

「知《し》ってたって、どうして？」

ハルが困《こま》ったように笑《わら》う。

「ごめん。それは、俺《おれ》が『俺《おれ》』になってから、話《はな》したい。自《じ》分《ぶん》の口《くち》から、ユウナに話《はな》したい。今《いま》の俺《おれ》は、俺《おれ》であって、俺《おれ》じゃないから」

「どういうこと？　ハルは、ハルに戻《もど》れるの……？」

日《ひ》射《ざ》しがまぶしい。ハルが、よく見《み》えない。

「……忘《わす》れろ」

「え？」

「俺《おれ》のことを、……忘《わす》れてくれ」

……なに？　よく、わからない。ハルの言《い》ってる意《い》味《み》が、わからないよ……！

「一《いっ》瞬《しゅん》でいいから。俺《おれ》のことを、忘《わす》れてくれ」

「どうして？」

ハルが、急《きゅう》に目《め》の前《まえ》からいなくなってしまいそうで……怖《こわ》い。

「どうして……、どうして、ハルのこと忘《わす》れなきゃいけないの!?」

「…………」

「いやだ……できない……忘《わす》れるなんて、できないよ！」

ハルはもう、私《わたし》を抱《だ》きしめてくれない。だから私《わたし》はハルに必死《ひっし》でしがみつく。

「忘《わす》れる、なんて……無理《むり》だよ……！　こんなに、好《す》きなのに……ハルのことが、こんなにも好《す》きなのに……！」

だから、精一杯《せいいっぱい》訴《うった》える。ハルへの気持《きも》ちを。今《いま》まで押《お》さえつけていた、ハルへの想《おも》いを。

「……俺《おれ》、だって」

ハルは、苦《くる》しそうに顔《かお》をゆがめた。

「俺《おれ》だって、お前《まえ》のこと忘《わす》れたくねえよ……一瞬《いっしゅん》だって忘《わす》れたくなんかねえ！　誰《だれ》にもお前《まえ》を渡《わた》したくないとか、ずっとお前《まえ》といっしょにいたい、とか……」

「…………」

「今《いま》だって、そうだ。今《いま》だけじゃない。いつもいつも、俺《おれ》はお前《まえ》のことばかり考《かんが》えてる……！

一秒《びょう》だって、お前《まえ》への気持《きも》ちを忘《わす》れたことはない！」

ハルは、今《いま》にも泣《な》きだしてしまいそうな顔《かお》で自分《じぶん》の感情《かんじょう》をあらわにした。

「……でも、お前《まえ》を忘《わす》れないと、……俺《おれ》は……死《し》ぬ」

死《し》ぬ、という単語《たんご》にギクリとする。

『俺《おれ》』が、死《し》んだら……ここにいる俺《おれ》も消《き》える。だから、ユウナ。俺《おれ》を、忘《わす》れろ」

私《わたし》は、泣《な》いていた。どうしていいかわからなくて、迷子《まいご》になった子供《こども》のようだ。

「わかんないよ……どうして、私《わたし》たちがおたがいを忘《わす》れたらハルは元《もと》に戻《もど》れるの？」

「それは、……俺《おれ》が元《もと》の自分《じぶん》に戻《もど》れた時《とき》に、直接《ちょくせつ》ユウナに話《はな》す……ちゃんと、お前《まえ》に向《む》きあえる形《かたち》で言《い》いたい」

「…………」

「俺《おれ》が、なんでユウナを好《す》きになったかとか、どうして、こんなことになったのか。その時《とき》に、全部話《ぜんぶはな》すから」

ハルが、微笑《ほほえ》む。それはとてもぎこちない笑《わら》い方《かた》で、見《み》てて胸《むね》が詰《つ》まる。

「こんな俺《おれ》のままじゃ、お前《まえ》とつきあうこともできないしな！」

「いいよ。今《いま》のままでも、つきあうよ」

「今《いま》の俺《おれ》が彼氏《かれし》になったらデートなんか、できねえぞ？」

「できるよ。いっしょに遊園地《ゆうえんち》、いこうよ」

「あはは。なら俺《おれ》のぶんだけ入園料《にゅうえんりょう》タダになるな！」

私《わたし》たちは、笑《わら》い合《あ》う。でも、いつもみたいにうまく笑《わら》えない。

「ユウナ……真剣《しんけん》な話《はなし》。このままじゃ、確実《かくじつ》に……俺《おれ》は消《き》える」

「…………」

「俺《おれ》は、戻《もど》りたい。お前《まえ》の想《おも》いに、しっかりと向《む》きあうためにも……俺《おれ》は、戻《もど》る。だから、協力《きょうりょく》してくれ」

ハルが、力強《ちからづよ》く私《わたし》の両肩《りょうかた》をつかむ。

「ハル……ハルは、絶対《ぜったい》に戻《もど》れるの？　私《わたし》とハルが、おたがいのことを忘《わす》れたら、本当《ほんとう》に戻《もど》れるの？」

「確証《かくしょう》は、ない。でも、試《ため》してみる価値《かち》はある」

「……そんな……」

「あの日《ひ》の俺《おれ》、ユウナのこと……そして、水島《みずしま》ってヤツの言葉《ことば》を信《しん》じるなら……俺《おれ》にはこれ以外《いがい》、方法《ほうほう》が見《み》つからない」

はかなくハルが笑《わら》った。

あいかわらずハルの笑顔《えがお》は透明《とうめい》で、お日様《ひさま》の光《ひかり》みたいだ。

「そんな顔《かお》すんなよ」

「……だって……」

「俺《おれ》がこの世《よ》から消《き》えてしまってもいいのかよ」

「……いや。ハルがいなくなるのは、やだ……」

「よし。じゃあ、協力《きょうりょく》しろ」

私《わたし》が無言《むごん》でうなずくと、ハルの硬《かた》かった表情《ひょうじょう》もいくぶんやわらいだ気《き》がした。

「でも、どうすればいいの？　ハルを忘《わす》れるなんて、私《わたし》にはできないよ」

また泣《な》きだしそうになる私《わたし》の頬《ほお》に、ハルの白《しろ》い手《て》がそえられた。

ハルは、そっと私《わたし》を抱《だ》きよせて、優《やさ》しいキスをしてくれた。

初《はじ》めてのキスにとまどってしまう。

……私《わたし》、キスした。

ハルと……。大好《だいす》きな人《ひと》と、初《はじ》めてのキスをした……。

「好《す》きだ」

真剣《しんけん》な顔《かお》で、私《わたし》を見《み》つめるからもうなにも言《い》えなくなる。

「ずるいよ……こんなのずるい」

「あはは。俺《おれ》、ワガママだから」

そんなの、知《し》ってる。ハルをたくさん知《し》って、たくさん好《す》きになったから。

ハルのこと、私《わたし》は全部大好《ぜんぶだいす》きだから……。

「ユウナ……」

ハルが、私《わたし》の体《からだ》を離《はな》した。

「もう、大丈夫《だいじょうぶ》か？　俺《おれ》を、忘《わす》れられるか？」

本当《ほんとう》は忘《わす》れたくなんかないけど、私《わたし》はこくんとうなずいた。

ハルを永遠《えいえん》に失《うしな》うくらいなら、私《わたし》はハルを一瞬《いっしゅん》だけでも忘《わす》れてみせる。

「大丈夫《だいじょうぶ》だ」

ハルが、微笑《ほほえ》む。あいかわらず、日《ひ》だまりのように笑《わら》う人《ひと》だ。

「元《もと》の俺《おれ》に戻《もど》った瞬間《しゅんかん》、奈々《なな》なんかとソッコー別《わか》れて、お前《まえ》の元《もと》に帰《かえ》るから」

「……………」

「あの部屋《へや》に、必《かなら》ず帰《かえ》ってくるから」

「絶対《ぜったい》だよ！　絶対《ぜったい》に、だよ！」

「ああ、俺《おれ》を信《しん》じろ」

「……信用《しんよう》できない」

「バーカ」

ハルが、笑《わら》った。

ずるい。もうなにも言《い》えなくなるじゃない。

だって、私《わたし》、その笑顔《えがお》が大好《だいす》きなの。

また、今《いま》みたいにハルと話《はな》すこと……できるよね？

本当《ほんとう》に、信《しん》じていいんだよね……？

ハルが、目《め》を閉《と》じる。私《わたし》も、それを見届《みとど》けて目《め》を閉《と》じた。

「ユウナ、……さよならだ」

微《かす》かにハルの声《こえ》がした気《き》がして、私《わたし》はそっと目《め》を開《あ》けた。

さっきまで、ハルがいた場所《ばしょ》に彼《かれ》はいなくて、私《わたし》はハルを探《さが》した。

「……ハル？」

その時《とき》、待合室《まちあいしつ》の外側《そとがわ》の廊下《ろうか》から由香《ゆか》と千佳《ちか》の姿《すがた》が見《み》えた。

「ユウナ！　ハルっ、大丈夫《だいじょうぶ》だって！」

私《わたし》の姿《すがた》を見《み》るなり、千佳《ちか》がそう言《い》った。

「意識《いしき》とりもどしたみたいっ！　よかったね！」

みんなの声《こえ》を聞《き》きつつ、がらんどうのような部屋《へや》を見渡《みわた》す。

ハルが、戻《もど》ったのに。いいことなのに。

まるで、もう、あのハルがいないことを証明《しょうめい》しているみたいで、それが、ひどくさびしく感《かん》じられた。

「……うっ、……」

ハルが、いない。いるのに、私《わたし》のそばにはもういない。

目《め》が覚《さ》めたということは、ハルの体《からだ》にあの魂《たましい》のハルが戻《もど》ったんだろう。

ハルは死《し》なずに済《す》んだのに、なぜだか、私《わたし》だけとりのこされた気《き》がして、私《わたし》は泣《な》いた。

11章《しょう》 透明《どうめい》な世界《せかい》

ハルが私《わたし》の部屋《へや》からいなくなって、もう何日《なんにち》が過《す》ぎたんだろう。

誰《だれ》もいないこの部屋《へや》に帰《かえ》るのがとてもいやで、学校《がっこう》からまっすぐ家《いえ》へ帰《かえ》ることが、少《すく》なくなった。

放課後《ほうかご》は、千佳《ちか》たちとカラオケいったり、ショッピングしたり……一日《にち》の中《なか》で友《とも》だちと過《す》ごす時間《じかん》が、前《まえ》よりも増《ふ》えていた。

ハルは、私《わたし》にとって家族《かぞく》みたいになっていたから。だから、余計《よけい》にこの状況《じょうきょう》にとまどいをおぼえる。

別《わか》れが突然《とつぜん》すぎたのと、私自身《わたしじしん》ハルがいなくなることを考《かんが》えるのを、無意識《むいしき》に避《さ》けていたのかもしれない。

私《わたし》ね、他《ほか》の人《ひと》よりもハルのこと、たくさん知《し》ってるよ。

もしかしたら、ハルの友《とも》だちよりも私《わたし》の方《ほう》が彼《かれ》のこと、知《し》ってるかもしれないよ。

嫌《きら》いな振《ふ》りしてるくせに、なにげなく少女《しょうじょ》マンガにハマッてたり、ロックが好《す》きみたいだけど実《じつ》は演歌《えんか》もいいなとか思《おも》ってたり。

冷《つめ》たそうに見《み》えて、誰《だれ》よりも人《ひと》のことを気遣《きづか》えて、いつも強《つよ》がってるけど、本当《ほんとう》は、誰《だれ》よりもさびしくて……。

私《わたし》、こんなにもハルのこと知《し》ってる。なのに、私《わたし》は彼《かれ》のかんじんなことがわからない。

携帯番号《けいたいばんごう》も、誕生日《たんじょうび》も、どこに住《す》んでるのかも、全然《ぜんぜん》知《し》らない。

だって、そんなこと知《し》る必要《ひつよう》がないくらい、いっしょだった。

いつも、部屋《へや》にハルがいたから。話《はな》したいなら呼《よ》びかければいいし、会《あ》いたい時《とき》は隣《となり》を見《み》ればよかった。

なにも、いらない。ハルの存在以外《そんざいいがい》、私《わたし》はなにもいらなかったんだ。

「聞《き》いて聞《き》いて！　ハル、退院《たいいん》したんだって！　退院後《たいいんご》の経過《けいか》も順調《じゅんちょう》で、今《いま》は通院《つういん》だけしてるって！」

数日後《すうじつご》、由香《ゆか》がうれしそうにハルが退院《たいいん》したことを教《おし》えてくれた。

「そうなんだ」

「うん。ハルすっごく元気《げんき》らしいよ！　昨日《きのう》から、学校《がっこう》にもきてるみたい」

ハル、元気《げんき》なんだ。もう登校《とうこう》できるくらい、元気《げんき》なのに……。

（どうして、ハルは私《わたし》に会《あ》いにきてくれないの？）

「ね、ユウナ？」

「……え？　う、うん」

不安《ふあん》になっているのを悟《さと》られないように、私《わたし》は無理《むり》に微笑《ほほえ》んだ。

本当《ほんとう》は、今《いま》すぐ会《あ》いにいきたい。ハルに会《あ》って、たしかめたい。

でも、怖《こわ》い。もし、ハルが……私《わたし》との約束《やくそく》を、忘《わす》れていたら……？

なにを不安《ふあん》になってるの、私《わたし》。ハルは、ちゃんと約束《やくそく》してくれたじゃない。戻《もど》ってくるって、会《あ》いにきてくれるって。

だって、ハルが消《き》えた後《あと》。すぐに意識《いしき》が回復《かいふく》したのがなによりの証拠《しょうこ》だ。

きっと、ハルのことだ。奈々《なな》ちゃんと別《わか》れるのに手間《てま》どってるんだ。

奈々《なな》ちゃん、ハルのこと大好《だいす》きだから。別《わか》れるのいやがりそうだもん。

きっと、そうだよ。だから、大丈夫《だいじょうぶ》。……大丈夫《だいじょうぶ》。

千佳《ちか》と由香《ゆか》といるのが気《き》まずくて、私《わたし》は一人《ひとり》で教室《きょうしつ》を出《で》た。

下駄箱《げたばこ》で靴《くつ》を履《は》きかえようとしていた時《とき》、意外《いがい》な人《ひと》から声《こえ》をかけられる。

「ハル、退院《たいいん》したのか。よかったな」

「岡崎《おかざき》くん？」

毎日《まいにち》、クラスで会《あ》っているのに、なんだか会《あ》うのが久《ひさ》しぶりな気《き》がした。

「よかったらいっしょに帰《かえ》らないか？」

「う、うん」

なんとなく流《なが》れに任《まか》せて、私《わたし》は岡崎《おかざき》くんと二人《ふたり》で通学路《つうがくろ》を歩《ある》いた。

「…………………」

沈黙《ちんもく》が続《つづ》いたけれど、気《き》まずくはなかった。むしろ、彼《かれ》がいてくれたおかげでいやなことを考《かんが》えずにすんでありがたかった。

「お、岡崎《おかざき》くんは東高《ひがしこう》に友《とも》だちがいるんだっけ？　たしか、こないだ……」

「ああもう。トモでいいよ。俺《おれ》もユウナって呼《よ》ぶから」

「わ、わかったよ……トモ……」

「よし」

岡崎《おかざき》くんのいきおいに、愛称《あいしょう》で呼《よ》んでしまった。

「……なあ。ハルに、会《あ》いにいかないのか？」

駅《えき》について、ようやくトモが口《くち》を開《ひら》いた。

「なんで、そのこと……」

「前《まえ》にも言《い》ったろ。お前《まえ》らさ、大《おお》きな声《こえ》でいろんな話《はな》しすぎなんだよ。筒抜《つつぬ》け」

「あ……」

「どうせ、いろいろ考《かんが》えて会《あ》いにいけてないんじゃないのか？」

「そうだけど」

「なら、いこう。俺《おれ》もついてくから」

ふんわりと笑《わら》ってくれたトモの優《やさ》しさに、思《おも》わず涙《なみだ》があふれそうになる。

「お！　タイミングよく電車《でんしゃ》きたみたいだぞ。ほら」

トモが急《きゅう》に私《わたし》の腕《うで》をつかんだから、思《おも》わず目《め》の前《まえ》の電車《でんしゃ》に乗《の》りこんでしまった。

もうこうなったら、いいや。トモがいるなら心強《こころづよ》い。ハルに、会《あ》いにいこう。

誰《だれ》もいない端《はし》の席《せき》に、二人《ふたり》で腰《こし》を下《お》ろす。まっ暗《くら》な電車《でんしゃ》の窓《まど》に、私《わたし》の顔《かお》が映《うつ》る。

その表情《ひょうじょう》は、今《いま》にも雨《あめ》が降《ふ》りだしてしまいそうなくもり空《ぞら》のようで、私《わたし》は自分《じぶん》の手元《てもと》に、視線《しせん》を落《お》とした。アナウンスが降《お》りる駅名《えきめい》を告《つ》げた。東高《ひがしこう》の最寄《もよ》り駅《えき》だ。

「ほら、いくぞ」

「ね、ねえ。ハルがもう帰《かえ》ってたらどうするの？」

「そんなの、東高《ひがしこう》の友《とも》だちにアイツの住所《じゅうしょ》聞《き》いて家《いえ》までいけばいい」

トモといっしょに電車《でんしゃ》を降《お》りる。改札口《かいさつぐち》を目指《めざ》そうと、うつむいていた顔《かお》をあげた。その、目《め》の前《まえ》に、ハルの姿《すがた》があった。

「……ハル？」

信《しん》じられない。私《わたし》の目《め》の前《まえ》に、ハルが……いる。

私《わたし》は、何度《なんど》も何度《なんど》も瞬《まばた》きした。でも、ハルは消《き》えない。

ちゃんと、私《わたし》の前《まえ》に立《た》っている。

制服姿《せいふくすがた》のハルは、少《すこ》し髪《かみ》が伸《の》びていたけれど、その顔《かお》はまぎれもなくハルだった。

私《わたし》には、わかる。

……ハルだ。私《わたし》の部屋《へや》にずっといた、あのハルだ。

待《ま》ちのぞんでいたハルとの再会《さいかい》に、瞳《ひとみ》を潤《うる》ませたその時《とき》だった。

「急《きゅう》に立《た》ち止《ど》まらないでよっ！　奈々《なな》、ビックリするじゃん！」

急《きゅう》にハルの背後《はいご》から、奈々《なな》ちゃんがあらわれた。

「……ユウナさん……」

私《わたし》の姿《すがた》を見《み》つけた奈々《なな》ちゃんの目《め》が、氷《こおり》の刃《やいば》のようにするどくなった。

「久《ひさ》しぶりですねえっ♪　で、うちの高校《こうこう》の近《ちか》くまでなにしにきたんですかぁ？　それとも、ユウナさんの家《いえ》ってこの近所《きんじょ》でしたっけ？　ちがいますよねぇ……？」

ハルの腕《うで》にしがみつきながら、挑発的《ちょうはつてき》に奈々《なな》ちゃんが笑《わら》う。

「ユウナ、誰《だれ》だこの女《おんな》？」

「わおっ！　誰《だれ》ですかこのイケメンッ！　ユウナさんの彼氏《かれし》……？」

「トモは……そんなんじゃ、ないよ……」

「ですよねー。なワケありませんよねぇえ！　ぜーんぜんっ、釣《つ》り合《あ》ってないですしぃ。きゃはは♪」

「俺《おれ》は、……ユウナの友《とも》だちだ……」

「そおなんだ～。私《わたし》は奈々《なな》だよ！　モデルやってるんだけど、知《し》らない？　私《わたし》も名《な》のったんだから、お名前《なまえ》教《おし》えてっ♪」

「……岡崎智明《おかざきともあき》……だけど」

「ふうん。だから、さっきトモって言《い》われてたんだあっ。トモアキで、トモね！」

奈々《なな》ちゃんがハルに腕《うで》をからませながら、値踏《ねぶ》みするようにトモをじいっと見《み》る。

「あっ！　奈々《なな》ぁ、イイコト思《おも》いついちゃったっ！　ねえ、今度《こんど》この四人《よにん》でダブルデートしない？」

思《おも》いがけない奈々《なな》ちゃんの提案《ていあん》に、トモと私《わたし》が顔《かお》を見合《みあ》わせる。

「おい、奈々《なな》……」

「いいじゃんいいじゃん♪　……ユウナさんだって、ハルに会《あ》いたかったんでしょ？　チャンス与《あた》えてやってんじゃん。むしろ感謝《かんしゃ》しなよ……！」

それは、たしかにそうかもしれない。私《わたし》はハルに、会《あ》いたかった。

「わかった。俺《おれ》はいいよ」

トモの意外《いがい》な言葉《ことば》に、思《おも》わず顔《かお》をあげる。

なにか考《かんが》えがあるらしく、トモはそっと私《わたし》に目配《めくば》せをした。

「やったあ！　楽《たの》しくなりそおっ！　あっははは！」

ハルはふうとため息《いき》をつくと、それ以上《いじょう》はなにも話《はな》さなかった。奈々《なな》ちゃんの高《たか》い笑《わら》い声《ごえ》が夕《ゆう》空《ぞら》にやけに響《ひび》いて聞《き》こえた。

12章《しょう》　憧《あこが》れ

日曜日《にちようび》、私《わたし》はトモと遊園地《ゆうえんち》にきていた。
トモとは先《さき》に駅《えき》で待《ま》ち合《あ》わせをしてたから、いっしょに遊園地《ゆうえんち》に向《む》かう。
(遊園地《ゆうえんち》。こんな形《かたち》で、きたくなかったな)
私《わたし》とトモ。奈々《なな》ちゃんと……ハル。今日《きょう》は、約束《やくそく》していたダブルデートの日《ひ》。
遊園地《ゆうえんち》の入《い》り口《ぐち》で、トモと二人《ふたり》……奈々《なな》ちゃんとハルがくるのを待《ま》った。
「遅《おそ》いな……」
「そうだね。待《ま》ち合《あ》わせの時間《じかん》、かなり過《す》ぎてるけど、なにかあったのかな?」
その時《とき》、後《うし》ろから誰《だれ》かが近《ちか》づいてきた。
イラついているせいか、トモは背後《はいご》の存在《そんざい》に気《き》づいてないみたい。
私《わたし》が振《ふ》りかえると。そこには、奈々《なな》ちゃんが立《た》っていた。
奈々《なな》ちゃんは悪戯《いたずら》っぽい笑《え》みを浮《う》かべると、突然《とつぜん》、後《うし》ろからトモに抱《だ》きついた。

「うわっ！」

「えへへ〜っ♪　遅《おく》れてごめんね〜っ！」

トモに後《うし》ろからぎゅっと抱《だ》きついて、かわいく謝《あやま》る奈々《なな》ちゃん。

その近《ちか》くに、無表情《むひょうじょう》のハルが立《た》っていた。

「遅《おく》れるなら、連絡《れんらく》しろよ」

「だーかーらー。ごめんって。謝《あやま》ってんじゃ〜ん」

奈々《なな》ちゃんはプーッとふくれ、ハルの背中《せなか》にかくれてしまった。

「ハルぅ〜っ！　トモが怖《こわ》い〜っ♪」

ハルはかたわらの奈々《なな》ちゃんを庇《かば》いながら、私《わたし》とトモをにらむ。

「ごめんねっ！　ハル、ユウナさんのこと苦手《にがて》みたいなんだぁっ」

ハルが、私《わたし》から顔《かお》を背《そむ》ける。その態度《たいど》に、胸《むね》が、ズキッと痛《いた》んだ。

私《わたし》のことが、苦手《にがて》……。痛《いた》む胸《むね》を押《お》さえる私《わたし》の肩《かた》に、温《あたた》かい手《て》が置《お》かれた。

「大丈夫《だいじょうぶ》だ」

トモの、手《て》だ。ハルとはまたちがった、大《おお》きくて優《やさ》しい男《おとこ》の子《こ》の手《て》だった。

「わーいわーいっ！　遊園地《ゆうえんち》っ、遊園地《ゆうえんち》ぃっ♪　早《はや》くいこいこっ！」

奈々《なな》ちゃんはハルの腕《うで》を離《はな》すことなく、ゲートに向《む》かって歩《ある》いていく。

私《わたし》はあわてて、その後《うし》ろをついていった。

あれだけ悩《なや》んで決心《けっしん》して、今《いま》、ここにいるんだ。

奈々《なな》ちゃんに、圧倒《あっとう》されてる場合《ばあい》じゃない。

弱気《よわき》な心《こころ》をふるいたたせ、小走《こばし》りで三人《にん》を追《お》いかける。

「ユウナ、手《て》」

「え？」

「ほら、はぐれるといけないから。早《はや》く。手《て》」

突然《とつぜん》、差《さ》しのべられたトモの手《て》に、私《わたし》はとまどう。私《わたし》はためらいながらもトモの手《て》をとった。

「よしっ！」

トモは満足《まんぞく》そうに微笑《ほほえ》むと、私《わたし》の手《て》を強《つよ》く握《にぎ》る。

私《わたし》とトモ、トモと奈々《なな》ちゃん。……奈々《なな》ちゃんとハル。

四人《よにん》で手《て》をつなぎ合《あ》う私《わたし》たちは、もしかしたら一見《いっけん》、仲《なか》のよいグループに見《み》えるかもしれない。

「とりあえず、効率《こうりつ》よく廻《まわ》るなら空《す》いてるアトラクションからだよな」

パーク内《ない》の地図《ちず》をトモが広《ひろ》げた瞬間《しゅんかん》、奈々《なな》ちゃんは占《うらな》いの館《やかた》を指差《ゆびさ》した。

「これがいいっ♪　みんなで相性占《あいしょううらな》いしたいっ〜♪」

「お前《まえ》、初《しょ》っぱなからゲームかよ。却下《きゃっか》」

「ええ〜っ！　なんで〜っ！」

「ゲームはアトラクションが混《こ》んできた時《とき》だ。あ、パニック系《けい》のアトラクションが空《す》いてるな。東《ひがし》ゲートに移動《いどう》しようか」

トモが的確《てきかく》な指示《しじ》で、みんなを誘導《ゆうどう》する。

「トモ、すごいね。団体行動《だんたいこうどう》に慣《な》れてるみたい」

「そう？　いつもやってるからかな」

「いつも？」

「ほら。俺《おれ》、バスケ部《ぶ》の部長《ぶちょう》だから」

トモって、部長《ぶちょう》だったんだ。

でも、トモが部長《ぶちょう》ってピッタリな気《き》がする。性格《せいかく》もしっかりしてるし。

しばらく歩《ある》くと、大《おお》きなゲートが見《み》えてきて目的《もくてき》の場所《ばしょ》に到着《とうちゃく》した。

「二十分《にじゅっぷん》待《ま》ちだって」

「じゃあ、待《ま》ってる間《あいだ》、トモとハルはそこでお菓子《かし》と飲《の》み物《もの》買《か》ってきてっ♪」

「はあ？」

「ねっ、ねっ、お願《ねが》い〜っ♪」

「奈々《なな》」

「だってぇ、朝遅刻《あさちこく》しそうだったからなんにも食《た》べてないし〜。お腹減《なかへ》ったぁ！　それに、あそこに売《う》ってたお菓子美味《かしおい》しそうなんだもんっ♪」

「仕方《しかた》ねえな」

「わーいっ、ハル大好《だいす》き♪　ほら。トモもユウナさんに買《か》ってきてあげなよぉ」

「ユウナ、どうする？」

トモが、私《わたし》の顔《かお》を心配《しんぱい》そうにのぞきこんでくる。

二人《ふたり》がいなくなったら、私《わたし》と奈々《なな》ちゃん、二人《ふたり》きりになってしまう。

でも、奈々《なな》ちゃんを怖《こわ》がってばかりじゃ、前《まえ》に進《すす》めない。

「う、うん。じゃあ、お願《ねが》い」

「……ユウナ」

「ま、テキトーに買《か》ってきてよっ！　奈々《なな》たちは順番待《じゅんばんま》ってるからっ♪」

「わかった」

トモとハルの後《うし》ろ姿《すがた》が小《ちい》さくなっていく。

その瞬間《しゅんかん》、今《いま》まで明《あか》るくはしゃいでいた奈々《なな》ちゃんの声《こえ》が、急《きゅう》に低《ひく》くなった。

「……ねぇ」

「な、なに？」

奈々《なな》ちゃんの変貌《へんぼう》ぶりに、私《わたし》の声《こえ》は恐怖《きょうふ》で上擦《うわず》ってしまう。

「……あんたさぁ。まさかと思《おも》うけど、……ハルになんかするつもり？」

怖《こわ》い。奈々《なな》ちゃんの目《め》が、怖《こわ》い。私《わたし》は金縛《かなしば》りにあったように、奈々《なな》ちゃんの視線《しせん》に射《い》ぬかれて動《うご》けない。

「ハルに近《ちか》づいたら、……ころすよ」

……コロス……？

殺《ころ》す。なんて言葉《ことば》、人《ひと》から言《い》われたの、初《はじ》めてだ。

そんなに軽々《かるがる》しく使《つか》える言葉《ことば》なの？　それとも、本当《ほんとう》に私《わたし》のこと……。

「おーい。買《か》ってきたぞ～」

トモとハルが、買《か》い出《だ》しから帰《かえ》ってきた。

「やったぁっ♪　ありがとお～っ！　イチゴ味《あじ》のポップコーン、奈々《なな》大好《だいす》きっ♪」

ハルからお菓子《かし》と飲《の》み物《もの》を受《う》けとり、無邪気《むじゃき》に喜《よろこ》ぶ奈々《なな》ちゃん。

さっきとは、まるで別人《べつじん》みたいだ。私《わたし》の背中《せなか》に冷《つめ》たい汗《あせ》が流《なが》れた……。

それから、いくつかアトラクションに乗《の》ったけど、私《わたし》の気分《きぶん》は晴《は》れなかった。

頭《あたま》の中《なか》で、さっきの奈々《なな》ちゃんの言葉《ことば》がぐるぐる廻《まわ》っている。

「今《いま》のすごかったね～っ、水《みず》かかってビックリしたぁ！　でも楽《たの》しい～っ！」

「あはははっ！　お前《まえ》スゲー濡《ぬ》れてるし」

最初《さいしょ》ふてくされていたハルも、今《いま》は楽《たの》しそうだ。

私《わたし》だけ感覚《かんかく》がマヒしたみたい、楽《たの》しさを感《かん》じない。あるのは、重《おも》たい疎外感《そがいかん》。

「次《つぎ》。あれいこう、あれ！」

「ええ～っ、めちゃめちゃ怖《こわ》そうなんですけどっ。でもいっかぁ、奈々《なな》にはハルがいてくれるもんねっ！」

私《わたし》の大嫌《だいきら》いなお化《ば》け屋敷《やしき》に向《む》かっていくみんな。私《わたし》は、すごくいきたくない。

「ユウナ、どうした？　もしかして、お化《ば》け屋敷《やしき》ダメなのか？」

無口《むくち》な私《わたし》に気《き》がついて、トモが話《はな》しかけてくれた。

でも、みんなの雰囲気《ふんいき》をこわしたくない。なにより、奈々《なな》ちゃんの態度《たいど》が怖《こわ》い。

「あはは、大丈夫《だいじょうぶ》。ちょっと苦手《にがて》なだけだから」

「怖《こわ》かったら、目《め》をつぶって俺《おれ》にしがみついてていいから」

「……うん」

トモの腕《うで》がさりげなく私《わたし》の方《ほう》に向《む》けられる。でも、私《わたし》は気《き》づかないフリをした。

「前《まえ》へお進《すす》みください～」

スタッフの指示《しじ》にしたがい列《れつ》が動《うご》く。まっ暗《くら》な中《なか》に、みんなぞろぞろと入《はい》っていく。

お化《ば》け屋敷《やしき》の入《い》り口《ぐち》はいかにもな感《かん》じで、見《み》るからに怖《こわ》そうだった。

「ハルぅ、奈々《なな》のこと絶対《ぜったい》っ、絶対《ぜったい》っ、離《はな》さないでねっ！」

「あー。わかったわかった」

ハルにぎゅっと抱《だ》きつく奈々《なな》ちゃん。

みんなの姿《すがた》が闇《やみ》に吸《す》いこまれていくように、お化《ば》け屋敷《やしき》の中《なか》に消《き》えていく。

中《なか》に入《はい》ってしまったら、まっ暗《くら》でなにも見《み》えないだろう。

ふいに、私《わたし》の足《あし》は入《い》り口《ぐち》と逆方向《ぎゃくほうこう》へと進《すす》んだ。

後《うし》ろのカップルが列《れつ》から離《はな》れる私《わたし》を気《き》にした様子《ようす》もなく、自分《じぶん》たちの世界《せかい》に夢中《むちゅう》になってお
しゃべりを続《つづ》けている。

私《わたし》は、足早《あしばや》に。けれど、気《き》づかれないように、お化《ば》け屋敷《やしき》から、……みんなから、逃《に》げだした。

騒《さわ》がしいパレードを横切《よこぎ》り、あてどもなく遊園地《ゆうえんち》を彷徨《さまよ》う。

(もう、こんな時間《じかん》だったんだ)

屋内《おくない》のアトラクションにいたせいか、時間《じかん》の経過《けいか》に鈍感《どんかん》になっていた。

遊園地《ゆうえんち》の人工的《じんこうてき》な建造物《けんぞうぶつ》。ありえない色彩《しきさい》、作《つく》られたファンタジーの世界《せかい》。

いつの間《ま》にか、私《わたし》の視界《しかい》に大《おお》きな観覧車《かんらんしゃ》があった。

私《わたし》が遊園地《ゆうえんち》の中《なか》で一番《いちばん》好《す》きな乗《の》り物《もの》。不可思議《ふかしぎ》なグラデーションに光《ひか》る観覧車《かんらんしゃ》。

エレクトリックに飾《かざ》られた観覧車《かんらんしゃ》は、現実《げんじつ》を忘《わす》れてしまうくらいきれいだった。

もっと近《ちか》くで見《み》たくて、私《わたし》は観覧車《かんらんしゃ》を目指《めざ》すことにした。

私《わたし》の足《あし》にはあちこち歩《ある》いたため、靴《くつ》ずれができている。

それでも、観覧車《かんらんしゃ》に向《む》かって歩《あゆ》みを進《すす》める。

フラフラになりながら、なんとか観覧車《かんらんしゃ》の前《まえ》のベンチまでたどりついた。

みんなパレードを見《み》ているせいか、観覧車《かんらんしゃ》は空《す》いていた。

私《わたし》は観覧車《かんらんしゃ》に乗《の》らず、ただベンチに座《すわ》りながらゆっくり回《まわ》る観覧車《かんらんしゃ》をながめた。

キラキラの観覧車《かんらんしゃ》は時間《じかん》ごとに色彩《しきさい》を変《か》えていく。

（そういえば……パパとよく乗《の》ったっけ……懐《なつ》かしいなあ）
もう、あの優《やさ》しいパパはいない。世界中探《せかいじゅうさが》しても私《わたし》の好《す》きだったパパはいない。
思《おも》い出《で》はこんなにも鮮《あざ》やかによみがえるのに、もうパパはいないなんて、不思議《ふしぎ》。
観覧車《かんらんしゃ》は止《と》まることなく動《うご》いている。もう、パパは戻《もど》らない。わかってる。
わかるのは、私《わたし》は大切《たいせつ》なものばかり失《うしな》っていることだけだ。
ぽろっと、涙《なみだ》が流《なが》れた。
「あはは……私《わたし》、最近涙腺《さいきんるいせん》ゆるいなあ……」
涙《なみだ》がこれ以上流《いじょうなが》れないように、顔《かお》を上《うえ》に向《む》けた時《とき》だった。
「ユウナ！」
陽《ひ》に照《て》らされた黒《くろ》いシルエット。私《わたし》の名前《なまえ》を呼《よ》ぶ、誰《だれ》か。
……まさか、パパ？　いつも迷子《まいご》になると、パパは必《かなら》ず見《み》つけてくれた。
どんなにはぐれても、絶対《ぜったい》に、パパだけは私《わたし》を見《み》つけてくれた。
パパ。思《おも》わず口《くち》にしそうになるのをぐっとこらえ、私《わたし》は目《め》を凝《こ》らした。
パパじゃない。……パパのはず、あるわけがない。
私《わたし》の前《まえ》には……ハルが立《た》っていた。

ハルの額《ひたい》に玉《たま》のような汗《あせ》が浮《う》かんでいる。

「なにしてんだよ、お前《まえ》」

不機嫌《ふきげん》な、声《こえ》。きっと、あちこちさがしてくれたんだろう。ハルの額《ひたい》に玉《たま》のような汗《あせ》が浮《う》かんでいる。

ハルは肩《かた》で息《いき》をしながら、私《わたし》に近《ちか》づいてきた。

こんな情《なさ》けない姿《すがた》を見《み》られたら、またハルに嫌《きら》われちゃう。

私《わたし》はビクッと、反射的《はんしゃてき》に体《からだ》を硬《かた》くした。

瞬間《しゅんかん》、懐《なつ》かしい腕《うで》が私《わたし》を包《つつ》みこんだ。

「スゲー心配《しんぱい》した……」

そう安堵《あんど》のため息《いき》を吐《つ》くと、ハルは私《わたし》を思《おも》い切《き》り抱《だ》きしめた。

「ハ、ハル？」

「つたく、ふざけんなよマジで。泣《な》くくらいなら最初《さいしょ》から離《はな》れるんじゃねぇよ！」

「……ごめんなさい」

私《わたし》は泣《な》いた。ハルの胸《むね》の中《なか》で、子供《こども》みたいに泣《な》きじゃくった。

「ごめんなさい、ごめんなさい……！」

ハルが、優《やさ》しく髪《かみ》をなでてくれる。

嘘《うそ》みたい。これは、夢《ゆめ》？　私《わたし》の願望《がんぼう》？

ハルが、私《わたし》を見《み》つけてくれた。私《わたし》を、見《み》つけてくれる人《ひと》がいた。

そのことがうれしくて、私《わたし》はなかなか泣《な》きやむことができなかった。

「いい加減《かげん》、泣《な》きやめよ。いきなりいなくなって、本気《ほんき》で心配《しんぱい》したんだからな！」

「……ごめんね。でも、よく私《わたし》がここにいるってわかったね」

「ああ。それは……、前《まえ》にユウナが……」

ふと、ハルの動《うご》きが止《と》まった。

「……お化《ば》け屋敷《やしき》と、ジェットコースターが苦手《にがて》って……」

「ハル？」

「……たしか、どこかで……」

「ハル！」

ハルが、自分《じぶん》の体《からだ》を抱《だ》きしめるようにぐらりと倒《たお》れこんだ。

「……なんだ、これ。俺《おれ》はそんなこと、知《し》らない……でも、たしかに……お前《まえ》と」

「ハル……私《わたし》、言《い》ったよ。私《わたし》の部屋《へや》で……ハルと遊園地《ゆうえんち》いこうって……」

「……お前《まえ》の、部屋《へや》で……？」

「おぼえてないの？　私《わたし》たち、約束《やくそく》したんだよ」

「約束《やくそく》……！」

ハルのかげった瞳《ひとみ》が、見《み》おぼえのある輝《かがや》きを放《はな》つ。

「そうだ、俺《おれ》……奈々《なな》と別《わか》れて、お前《まえ》のところに、いくって……約束《やくそく》……」

「……そんな約束《やくそく》、無効《むこう》だよ」

待《ま》ちのぞんでいたハルの言葉《ことば》をさえぎったのは、氷《こおり》のように冷《つめ》たい奈々《なな》ちゃんの声《こえ》だった。

「ねえ。ハル、奈々《なな》言《い》ったよねえ？　ユウナさんに乗《の》りかえたら死《し》んでやるって。今《いま》ハルとつきあってるのは、奈々《なな》だって。言《い》ったよね!?」

怒《いか》りでふるえている奈々《なな》ちゃんから、とっさにハルを抱《だ》きしめかばってしまう。もう、うばわれたくなかった。ハルを誰《だれ》にも。ハルを守《まも》りたかった。

「っ!?　この……奈々《なな》、本気《ほんき》だから！　今《いま》から屋上《おくじょう》から飛《と》び降《お》りてやるっ！」

「奈々《なな》ちゃん!?」

「あいつ……俺《おれ》たちも追《お》いかけるぞ」

私《わたし》たちに背《せ》を向《む》け走《はし》っていった奈々《なな》ちゃんをハルが心配《しんぱい》そうに見《み》つめる。

「おい。奈々《なな》のヤツどうしたんだ？　すごい速《はや》さで走《はし》っていったぞ」

「トモ!? お願《ねが》い、奈々《なな》ちゃんを追《お》いかけて! 屋上《おくじょう》から飛《と》び降《お》りるって……」

「はあ!?」

まだ体調《たいちょう》が戻《もど》っていないのか、ふらつきながらもハルは立《た》ち上《あ》がった。

そんなハルを私《わたし》とトモが支《ささ》えて、奈々《なな》ちゃんのいった屋上《おくじょう》を目指《めざ》した。

13章《しょう》

屋上《おくじょう》

みんなで屋上《おくじょう》へ続《つづ》く階段《かいだん》をのぼり、扉《とびら》を開《あ》けると強《つよ》い風《かぜ》が吹《ふ》きこんできた。

目《め》の前《まえ》には手《て》すりから身《み》を乗《の》りだして、今《いま》にも落《お》ちそうな奈々《なな》ちゃんがいる。

「ハルっ！　やっぱりきてくれたっ！　心配《しんぱい》してくれたんだねっ♪　うれしい！」

「ふざけんなバカ野郎《やろう》！　いいからさっさとこっちにこい！」

ハルが奈々《なな》ちゃんの元《もと》へ近《ちか》づいていく。だけど、奈々《なな》ちゃんは、ますます手《て》すりから身《み》を乗《の》りだした。

「奈々《なな》さぁ、ハルがサッカーできなくなった時《とき》、ホントうれしかったんだよねぇ♪　だって、まわりの女《おんな》みんないなくなってくれたから、ラッキーだよ！　奈々《なな》だけだよぉ？　ハルがサッカーできなくなっても離《はな》れていかなかったのは。だから、感謝《かんしゃ》してよね」

「…………」

「言《い》ったでしょ。ハルがつきあってくれなきゃ死《し》ぬって、おどしじゃないよ？　ねっ、ハル。

奈々《なな》ともう一度《いちど》、つきあおう♪　つきあって、くれるよね？」

「それは、できない」

奈々《なな》ちゃんの右足《みぎあし》が、手《て》すりの上《うえ》に乗《の》せられた。ぐっと体《からだ》が持《も》ちあがる。

「なら、死《し》ぬからっ！　ハルのお母《かあ》さんみたいに、ここから飛《と》び降《お》りてやるっ!!」

「やめろ」

ハルが顔《かお》をふせて、ポツリとつぶやいた。

「……俺《おれ》、いやなんだ……誰《だれ》かが、死《し》ぬなんて、もういやなんだよ！」

今日《きょう》は、いやになるくらい快晴《かいせい》だ。誰《だれ》もいない屋上《おくじょう》の空《そら》が一番近《いちばんちか》い場所《ばしょ》で、ハルは吠《ほ》えた。

そう言《い》えば、ハルを失《うしな》ったあの日《ひ》の空《そら》も、こんなに青《あお》くて透明《とうめい》だった。

「ハル」

私《わたし》は、ハルを背中《せなか》から抱《だ》きしめていた。

「大丈夫《だいじょうぶ》、大丈夫《だいじょうぶ》だよ。ハルは、もうなにも、失《うしな》ったりしないよ」

ハルの背中《せなか》は大《おお》きいのに、とてもたよりなくて、私《わたし》は精一杯《せいいっぱい》、ハルを抱《だ》きしめる。

奈々《なな》ちゃんが、そんな私《わたし》を見《み》て怒鳴《どな》りつけてくる。

「ハルから離《はな》れろっ、ブスのくせにっ！」

「なんで、そんなこと言《い》うの？」

たしかに、奈々《なな》ちゃんはきれいだ。でも、それは姿形《すがたかたち》だけで。

なにかが彼女《かのじょ》の美《うつく》しさをひどく、ゆがませていた。

「ブスはお前《まえ》だよ、奈々《なな》。お前《まえ》みたいなブス、見《み》たことない」

トモが、奈々《なな》ちゃんに近《ちか》づいていく。

「奈々《なな》のどこがブスだって言《い》うのっ？　そんなこと言《い》われたの、初《はじ》めてだし！」

「全部《ぜんぶ》」

トモの言葉《ことば》に、奈々《なな》ちゃんの顔《かお》が屈辱感《くつじょくかん》に満《み》ちていく。

「少《すく》なくとも俺《おれ》はお前《まえ》を美人《びじん》だと思《おも》えない。つか、……俺《おれ》たちって、似《に》てるよな」

「トモの言《い》ってる意味《いみ》、わかんないんだけどっ？」

「わからなくてもいい。聞《き》け」

トモが奈々《なな》ちゃんに近《ちか》づいていく。同時《どうじ》に、奈々《なな》ちゃんも地面《じめん》から離《はな》れていく。

この中《なか》で一番《いちばん》、奈々《なな》ちゃんが空《そら》に近《ちか》くなる。

「トモさあ、奈々《なな》のこと死《し》なないって思《おも》ってるでしょ？　思《おも》ってるよねぇ？　本当《ほんとう》におどしじゃないんだよ？　奈々《なな》は本気《ほんき》なんだよ！」

「ああ、そうだろうな。お前《まえ》は、死《し》んでもいいくらい、ハルが好《す》きなんだろ？」

今《いま》まさに飛《と》び降《お》りようとしてる奈《な》々《な》ちゃんに、トモはおだやかに笑《わら》いかける。

「なんで、わかるのっ？」

「だから、言《い》ったろ。俺《おれ》たちは、似《に》てるって。俺《おれ》もスゲー好《す》きな子《こ》がいた。自分《じぶん》なんかどうでもよくなるほど、好《す》きになった」

トモの声《こえ》は低《ひく》かったけど、風《かぜ》に乗《の》って私《わたし》の心《こころ》をゆらした。

「なら、死《し》ぬ気《き》で手《て》に入《い》ればいいじゃんっ。奈《な》々《な》ならそうするよっ！　トモは力《ちから》が足《た》りない、ただの臆病者《おくびょうもの》なんだよっ！」

「そうだな。そうかもしれない」

「あははははっ！　やっぱりトモはダメだねっ！　全然《ぜんぜん》ダメッ！　命《いのち》かけるくらい好《す》きじゃなきゃっ！」

「バーカ。本当《ほんとう》にバカだな」

トモがあきれたように奈《な》々《な》ちゃんを見《み》た。

「かんたんに命《いのち》をかけたくらいじゃ、人《ひと》の心《こころ》は手《て》に入《はい》らないんだよ」

「か、かんたんって！　ふざけないでよっ！　奈《な》々《な》がどんなに怖《こわ》い思《おも》いして、ここにいるかわかってんのっ？」

「わかってるよ。ここ、高《たか》いもんな」

「ならっ！」

「でも、それで好《す》きな子《こ》の心《こころ》が手《て》に入《はい》るなら、……俺《おれ》だってやるよ」

なんでもないことのように言《い》ってのけるトモに、奈《な》々《な》ちゃんはおどろいた顔《かお》をした。

「う、嘘《うそ》だよっ！　できるわけないじゃんっ！」

「じゃあ、やってやろうか」

トモは、スタスタと歩《ある》いていくと、ひょいと手《て》すりを乗《の》りこえてしまった。

トモの体《からだ》は手《て》すりの外《そと》にある。一歩《いっぽ》でも足《あし》を踏《ふ》みはずしたら地面《じめん》にまっ逆《さか》さまだ。

「な。かんたんだろ」

トモが奈《な》々《な》ちゃんの隣《となり》でニヤリと笑《わら》った。

「でも、こんなんじゃ、無理《むり》なんだよ。つらいけど、どうにもならないんだよ。俺《おれ》、やっぱりユウナが好《す》きだ。死《し》んでもいいくらい、好《す》きだ」

手《て》すりの向《む》こうで、トモが私《わたし》の名前《なまえ》を呼《よ》んだ。白《しろ》いシャツが風《かぜ》にあおられる。

「なあ、奈《な》々《な》。本当《ほんとう》は、お前《まえ》もわかってるんだろ？」

トモは奈々《なな》ちゃんの方《ほう》を向《む》くと、真剣《しんけん》な顔《かお》つきになった。

急《きゅう》に、奈々《なな》ちゃんの顔《かお》が幼《おさな》い少女《しょうじょ》のように変《か》わる。

「うっ、うわあぁぁあんっ！　あぁぁぁぁんっ！」

奈々《なな》ちゃんは、泣《な》いた。子供《こども》みたいに、激《はげ》しく泣《な》きだした。

「奈々《なな》ずっとハルのことが、好《す》きだったの。中学《ちゅうがく》の頃《ころ》から、ずっとずっと……」

奈々《なな》ちゃんは泣《な》きくずれ、いつの間《ま》にか手《て》すりから降《お》りていた。

「だから、がんばった。ハルに似合《にあ》うような女《おんな》の子《こ》になるために、オシャレもダイエットも、がんばった。

でもっ、奈々《なな》がいくらがんばっても、奈々《なな》を好《す》きって、みんなが言《い》ってきても。

ハルだけは、奈々《なな》のこと、無理《むり》だって。

妹《いもうと》にしか、見《み》えないって……うっ、うぅっ！」

子供《こども》みたいに奈々《なな》ちゃんが泣《な》いている。

「それなのに。ハル、フツーの女《おんな》とつきあうんだもん。

奈々《なな》の方《ほう》がかわいいのに！　奈々《なな》の方《ほう》が、みんないいって言《い》うのに。

わかんない！　わかんないよぅ！」

ぺたんとコンクリートに座《すわ》りこんだ奈々《なな》ちゃんを、トモが抱《だ》きおこした。

「そっか。お前《まえ》は、がんばったんだな。人《ひと》から、好《す》きになってもらうってむずかしいな」

「でも、好《す》きになってほしいよ……っ！」

トモは奈々《なな》ちゃんの頭《あたま》をなでた。優《やさ》しく、奈々《なな》ちゃんをいたわる。

「なら、がんばれ。今度《こんど》は、心《こころ》も好《す》きになってもらえるように」

「こころ？」

「お前《まえ》は、ハルを見《み》た目《め》だけで好《す》きになったのか？」

「ちがうっ！　ハルは優《やさ》しくて、カッコよくて。意地悪《いじわる》で……でも、優《やさ》しくて、奈々《なな》は、全部《ぜんぶ》。

ハルの全部《ぜんぶ》が好《す》きなのっ！」

私《わたし》と同《おな》じだ。奈々《なな》ちゃんは、私《わたし》と同《おな》じ気持《きも》ちで。ハルのことが、好《す》きなんだ。

奈々《なな》ちゃんの長《なが》いまつ毛《げ》が涙《なみだ》に濡《ぬ》れて、光《ひか》っていた。この子《こ》、やっぱりかわいいな。

「ごめんなさい」

奈々《なな》ちゃんの瞳《ひとみ》から、またポロリと涙《なみだ》が落《お》ちた。

「奈々《なな》、ホントは知《し》ってた。ハルが苦《くる》しんでるの、わかってた……でも」

手《て》のひらで顔《かお》をおおう奈々《なな》ちゃんはかわいくて、女《おんな》の子《こ》として魅力的《みりょくてき》だった。

奈々《なな》ちゃんは袖《そで》で涙《なみだ》を拭《ふ》くと、ハルを見据《みす》えた。そして、いつもの強気《つよき》な表情《ひょうじょう》を浮《う》かべて、精《せい》一杯笑《いっぱいわら》った。

「ハルなんて、大嫌《だいきら》い」

奈々《なな》ちゃんはそれだけ言《い》うと、屋上《おくじょう》の扉《とびら》を開《あ》けて出《で》ていった。

「奈々《なな》！」

ハルが奈々《なな》ちゃんの後《あと》を追《お》いかけようとするのを、トモが制《せい》した。

「いいから、そっとしといてやれよ。奈々《なな》なりの、強《つよ》がりなんだろう」

大好《だいす》きだから、大嫌《だいきら》いとしか言《い》えなかった奈々《なな》ちゃん。彼女《かのじょ》の後《うし》ろ姿《すがた》は、りりしく、そして、切《せつ》なかった。

「俺《おれ》も、いくよ」

トモが、ハルに向《む》き直《なお》った。

「ハル。お前《まえ》、ユウナのこと好《す》きなんだろ？　それじゃ、じゃま者《もの》は消《き》えるから」

トモは微笑《ほほえ》むと、奈々《なな》ちゃんと同《おな》じように屋上《おくじょう》の扉《とびら》を開《あ》けた。

「俺《おれ》も、大好《だいす》きだったよ」

言葉《ことば》は風《かぜ》に運《はこ》ばれ、トモといっしょに屋上《おくじょう》から消《き》えた。

14章《しょう》

ハル

ハルと私《わたし》。二人《ふたり》だけ、屋上《おくじょう》にとりのこされる。私《わたし》たちはコンクリートに座《すわ》りこみ、青空《あおぞら》に流《なが》れる雲《くも》をながめた。

「なんか、スゲー疲《つか》れた」

ハルが、ゴロンと横《よこ》になる。

なんとなく、私《わたし》もコンクリートの上《うえ》に寝《ね》そべった。

「うわあ」

視界《しかい》が全部《ぜんぶ》、空《そら》になった。ビルも、電線《でんせん》も、さえぎるものはなにもない。

私《わたし》の目《め》は、空《そら》しか見《み》えない。空《そら》が青《あお》い。なんだか、ハルに似《に》ているなと思《おも》った。

「なあ、ユウナ。これから俺《おれ》が話《はな》すこと、俺《おれ》の空想《くうそう》だと思《おも》って聞《き》いてくれ」

コンクリートは硬《かた》かったけど、お日様《ひさま》の熱《ねつ》のせいでポカポカ温《あたた》かい。

ハルと二人《ふたり》で寝《ね》そべっていると、私《わたし》のベッドでいっしょに寝《ね》ていた時《とき》を思《おも》い出《だ》す。

「俺《おれ》が、サッカーと母《かあ》さんを失《うしな》った話《はなし》は知《し》ってるよな？」
太陽《たいよう》が濃《こ》い影《かげ》を作《つく》りだす。雲《くも》の形《かたち》の影《かげ》がランダムにコンクリートに散《ち》らばった。
「俺《おれ》、その後《あと》……自殺《じさつ》しようとしたんだ」
一瞬《いっしゅん》、あたりが無風状態《むふうじょうたい》になった。風《かぜ》も、雲《くも》も、空《そら》も、……時《とき》が、静止《せいし》する。
「もうさ、全部《ぜんぶ》イヤんなって。
なんで俺《おれ》、生《い》きてんだろう。
サッカーもできない、俺《おれ》を愛《あい》してくれた母《かあ》さんもいない。
俺《おれ》には、なんにもない。そう思《おも》ったら息《いき》をするのも苦痛《くつう》になった。
そしたら、発作的《ほっさてき》に……。
結局《けっきょく》、親父《おやじ》が俺《おれ》を見《み》つけてくれたんだけど、俺《おれ》、親父《おやじ》に言《い》ったんだ。
『俺《おれ》からサッカーをうばったのも、母《かあ》さんが死《し》んだのも、全部《ぜんぶ》あんたのせいだ！』
言《い》いたい放題《ほうだい》、言《い》ってやった。
親父《おやじ》とは、あれ以来《いらい》、会話《かいわ》らしい会話《かいわ》をしてない。
それから、体《からだ》が治《なお》るまで一ヶ月《いっかげつ》くらい入院《にゅういん》してた。
その時《とき》の記憶《きおく》とか、あんまおぼえてないな。

寝《ね》てばっかいたから。現実《げんじつ》が、いやでいやで仕方《しかた》なかった。

でも、ある日《ひ》。近《ちか》くの病室《びょうしつ》が騒《さわ》がしくて。ああ、誰《だれ》かが危篤《きとく》なんだなって、すぐにわかった。

あの頃《ころ》はもう歩《ある》けるまで回復《かいふく》してたから、なんとなく、その病室《びょうしつ》をのぞいてみたんだ。

そこに、ユウナ。お前《まえ》がいた」

「私《わたし》が？」

寝《ね》そべるハルの隣《となり》で、私《わたし》は体《からだ》を起《お》こした。

「お前《まえ》、泣《な》いてた。たぶん、お父《とう》さんなんだと思《おも》うけど……お父《とう》さんの体《からだ》にすがって、めちゃめちゃ泣《な》いてた。

『嘘《うそ》だよ！』『起《お》きて！』『いやだよ！』って。

俺《おれ》が母《かあ》さんに言《い》ったのと、同《おな》じ言葉《ことば》を叫《さけ》んでた。

もう、亡《な》くなってるのに。いくら叫《さけ》んだって、無駄《むだ》なのに。

なんか俺《おれ》、それ聞《き》いてたら母《かあ》さんのことを思《おも》い出《だ》してさ。

大切《たいせつ》な人《ひと》がいなくなったことを認《みと》めたくない気持《きも》ちとか。

そしたら、見《み》えたんだ。お前《まえ》の頭《あたま》をなでてる、男《おとこ》の人《ひと》を。

その人《ひと》、お前《まえ》のお父《とう》さんソックリで、半分透《はんぶんす》けてたんだけど。

でも、お前《まえ》を見《み》て困《こま》ったような顔《かお》をして、優《やさ》しく笑《わら》ってたよ」

「……それ……パパだ」

信《しん》じられない。

パパは、私《わたし》が泣《な》くと、困《こま》ったように笑《わら》って、頭《あたま》をなでてくれた。

「俺《おれ》にも、よくわからない。ただ、俺《おれ》はあの時《とき》、心肺停止《しんぱいていし》したらしくて、マジで一回死《いっかいし》んでたらしい。

それがきっかけなのかわかんねえけど、そういうの、やたら見《み》えはじめて。信《しん》じてもらえないだろうけど、俺自身《おれじしん》も幽体離脱《ゆうたいりだつ》って言《い》うの？　よく、体《からだ》から自分《じぶん》が抜《ぬ》けたりしてさ。

な？　夢《ゆめ》みたいな話《はなし》だろ。別《べつ》に、信《しん》じてくれなくてもいいから」

「ううん。私《わたし》、信《しん》じるよ」

私《わたし》は、ハルにくっついた。ハルは温《あたた》かくて、ちゃんと生《い》きてる感《かん》じがした。

「それから、体《からだ》も完治《かんち》して、学校《がっこう》に戻《もど》った。

サッカー部《ぶ》に、もちろん俺《おれ》の名前《なまえ》はなくて、やっぱりショックだった。

だから、朝練《あされん》にいくこともなくなって、電車《でんしゃ》の時間《じかん》、遅《おそ》めにずらしたんだ。

そしたら、お前《まえ》を見《み》かけた。

あ、あの子《こ》だって、一目《ひとめ》でわかったよ」

ハルは、まぶしそうに私《わたし》を見《み》た。

「お前《まえ》、ホント明《あか》るくてさ。あんなつらいことがあった風《ふう》に全然《ぜんぜん》見《み》えなかった。

友《とも》だちといるの見《み》かけたけど、スゲー笑《わら》ってたよな」

それは、パパと約束《やくそく》したから。

『笑《わら》ってなさい、ユウナ。パパはユウナが笑《わら》った顔《かお》が一番《いちばん》好《す》きだよ』

そう、言《い》われたから。

「でも、時々《ときどき》。お前《まえ》は、すごく切《せつ》なそうな顔《かお》して窓《まど》の外《そと》をながめてた。

なんか、今《いま》にも、お前《まえ》が泣《な》きだしてしまいそうで、目《め》が離《はな》せなくて」

私《わたし》の精一杯《せいいっぱい》の強《つよ》がりを、ハルはわかってくれてたんだ。

あの頃《ころ》の私《わたし》は、みんなの前《まえ》では明《あか》るく振《ふ》る舞《ま》ってたけど、夜《よる》になるとパパを思《おも》い出《だ》して、ベッドの中《なか》でよく泣《な》いていた。

「お前《まえ》のことが、好《す》きだった。

いつまでも過去《かこ》にしがみついてる俺《おれ》とちがって、まっすぐ前《まえ》を見《み》ているお前《まえ》がまぶしく感《かん》じたんだ。

俺《おれ》の……憧《あこが》れだった。

好《す》きなヤツを見《み》てるだけしかできない。それが、俺《おれ》の精一杯《せいいっぱい》だった」

その言葉《ことば》にうれしくて泣《な》いてしまいそうになる。

ハルの、空《そら》みたいな瞳《ひとみ》が私《わたし》を映《うつ》した。

「お前《まえ》の部屋《へや》に俺《おれ》があらわれた前《まえ》の日《ひ》。朝《あさ》、いつもの電車《でんしゃ》に乗《の》った。

あの時《とき》の俺《おれ》、サッカーできなくなったせいで、信《しん》じてたヤツが俺《おれ》から離《はな》れていったりして、それで余計《よけい》に自信《じしん》なくしてた」

「あの時《とき》、うたた寝《ね》してたよね。私《わたし》、ハルの寝顔《ねがお》に見《み》とれてたんだよ」

「…………」

「ハル？」

「ユウナ。あの時《とき》、俺《おれ》、自分《じぶん》の体《からだ》から抜《ぬ》けでてたんだ」

「え？」

「言《い》ったろ。幽体離脱《ゆうたいりだつ》しやすいって。自分《じぶん》じゃコントロールできないんだけど、眠《ねむ》ったり、意識《いしき》を失《な》くしたりすると、たまにそういう状態《じょうたい》になるんだ」

うたた寝《ね》してた時《とき》、ハルの魂《たましい》は抜《ぬ》けてたって、こと？

「お前《まえ》は、あの時《とき》……なにを考《かんが》えてた？」

私《わたし》は、ハルを見《み》てた。ハルを見《み》て、カッコイイなあって、思《おも》った。ハルを好《す》きかもしれないって、自覚《じかく》したきっかけで……。

「俺《おれ》のこと、考《かんが》えてなかったか？」

「……考《かんが》えて、た」

「俺《おれ》も、考《かんが》えてた。お前《まえ》みたいな女《おんな》の子《こ》が、そばにいたらいいのに。ユウナが、俺《おれ》の彼女《かのじょ》だったらいいのに。お前《まえ》が好《す》きだって、思《おも》ってた。そしたら、急《きゅう》にお前《まえ》の方《ほう》に引《ひ》っぱられて、気《き》がついたら……」

「……私《わたし》の部屋《へや》だったって、こと」

「ああ」

「じゃあ、ハルは魂《たましい》が抜《ぬ》けた状態《じょうたい》になってたってこと？」

「ちがう」

ハルの話《はなし》に混乱《こんらん》する。魂《たましい》が抜《ぬ》けたなら、なぜハルは二人《ふたり》存在《そんざい》できたんだろう？

「これは、俺《おれ》の推測《すいそく》なんだけど。ユウナへの俺《おれ》の想《おも》いが、お前《まえ》の感情《かんじょう》とリンクしたんだと思《おも》う」

「想《おも》い？」

「俺《おれ》は、逃《に》げたかった」

『……あなたは、………逃《に》げたかった』

水島《みずしま》さんの言葉《ことば》がよみがえる。

「俺《おれ》は、こんな自分《じぶん》がいやだった。いやで、いやで、逃《に》げたかった。

だから、お前《まえ》の部屋《へや》にいたのは理想《りそう》の俺《おれ》。

ただお前《まえ》を好《す》きな、お前《まえ》の彼氏《かれし》になりたかった俺《おれ》の恋心《こいごころ》」

部屋《へや》にいたハルを思《おも》い出《だ》す。いつも、笑《わら》っていた印象《いんしょう》しか思《おも》い出《だ》せない。

「でも、ハルはたしかに存在《そんざい》してたよ。部屋《へや》にいたこともおぼえてるよね？」

「ああ。こないだから、じょじょに思《おも》い出《だ》してる。だけど、お前《まえ》への想《おも》いが抜《ぬ》けていた時《とき》の俺《おれ》も、たしかに存在《そんざい》したんだ」

「…………！」

「お前《まえ》への恋心《こいごころ》が抜《ぬ》けおちて、荒《すさ》んだ心《こころ》だけを抱《かか》えて奈々《なな》とつきあった俺《おれ》も、この中《なか》にいる。その時《とき》の俺《おれ》は、ユウナのことが……大嫌《だいきら》いだった」

大嫌《だいきら》い。空《そら》に白《しろ》い線《せん》を描《えが》いていた飛行機雲《ひこうきぐも》が、風《かぜ》によって崩《くず》れた。

「お前《まえ》のことが鬱陶《うっとう》しいと思《おも》ってた。わけわかんねえこと言《い》って、俺《おれ》の気《き》を惹《ひ》こうとして、なんだこの女《おんな》って、本気《ほんき》でムカついてた」

ハルの顔《かお》が、遊園地《ゆうえんち》での出来事《できごと》以前《いぜん》の冷《つめ》たい表情《ひょうじょう》に変貌《へんぼう》する。

「そんな」

ハルの言葉《ことば》に、ショックを受《う》ける。たしかに、ハルはハルだけど……あの部屋《へや》の中《なか》のハルだけじゃないってこと？

「私《わたし》といっしょにいたハルは、もう、いないの？」

「いない、わけじゃない。正確《せいかく》には、いた。俺《おれ》の中《なか》に入《はい》ろうと、同化《どうか》しようとしてた」

「どういう、意味《いみ》？　むずかしくてわからないよ」

「お前《まえ》の知《し》ってるハルは、俺《おれ》の魂《たましい》の一部《いちぶ》だった。水島《みずしま》には、俺《おれ》がそんな状態《じょうたい》ってことが見《み》えたんだな」

部屋《へや》の中《なか》にいたハルの存在《そんざい》が強《つよ》くなれば強《つよ》くなるほど、ハルの本体《ほんたい》が衰弱《すいじゃく》していった。あのことを、ハルは言《い》ってるの？

「じゃあ、ハルは？　私《わたし》の部屋《へや》にいたハルは……？」

ハルは、困《こま》ったような顔《かお》をして私《わたし》から目《め》をそらした。

「……ハルは、いた。俺《おれ》と同化《どうか》して、今《いま》、お前《まえ》の目《め》の前《まえ》にいる『ハル』になった。だから、俺《おれ》は生《い》きてるし。ここに存在《そんざい》してる」

私《わたし》は、ハルを見《み》た。たしかに、あの『ハル』の気配《けはい》を感《かん》じた。

「俺《おれ》、そろそろいくよ」

「え？」

「奈々《なな》のこと、ほっとけねえし。アイツは、俺《おれ》にとって妹《いもうと》みたいな存在《そんざい》だから……奈々《なな》は、俺《おれ》がサッカーできなくなっても、離《はな》れていかなかった大事《だいじ》な仲間《なかま》だ」

「ハル」

私《わたし》は、泣《な》いていた。

「なんだよ。俺《おれ》が、お前《まえ》のことを嫌《きら》いって話《はなし》聞《き》いて、ガッカリしたのか？」

「ちがうの、うれしいの」

「え？」

「ハルが、いたことがわかって、私《わたし》うれしい」

涙《なみだ》が止《と》まらない。ハルはがんばってくれた。がんばって、生《い》きようとしてくれた。だって、目《め》の前《まえ》にいるハルから、前《まえ》のハルのような冷《つめ》たさが感《かん》じられない。

ハルに、嫌《きら》われてても いい。つきあってくれなくったって、両想《りょうおも》いになれなくったって……ハルがいたのなら、それでいい。

私《わたし》の心《こころ》は満《み》たされる。だって、ハルは私《わたし》のことを好《す》きになってくれたのだから。こんな私《わたし》を、好《す》きになってくれたハルの話《はなし》が聞《き》けただけで、満足《まんぞく》。

もう、いい。……もう充分《じゅうぶん》だよ。

「じゃあな」

泣《な》き顔《がお》の私《わたし》を見《み》ても、普通《ふつう》の表情《ひょうじょう》をしているハル。それを見《み》て、私《わたし》も吹《ふ》っきることができた。

ハルが私《わたし》の前《まえ》から立《た》ちさっていく。

ハルのきれいな横顔《よこがお》、私《わたし》の名前《なまえ》を呼《よ》ぶ声《こえ》、温《ぬく》もり。なんて、やわらかい感情《かんじょう》。

それを、いっぱいもらったこと。私《わたし》、忘《わす》れないよ。

こみあげる想《おも》いを胸《むね》にしまい、私《わたし》はハルを見送《みおく》ろうとした。瞬間《しゅんかん》、私《わたし》は、ハルに思《おも》い切《き》り抱《だ》きしめられた。

「…………！」

ほんの一瞬《いっしゅん》、体《からだ》がこわれそうなくらい強《つよ》く私《わたし》を抱《だ》いた後《あと》、ハルは、風《かぜ》のように私《わたし》の前《まえ》から走《はし》りさっていった。

誰《だれ》もいない昼下《ひるさ》がりの屋上《おくじょう》に、ポツンと私一人《わたしひとり》が立《た》っている。

まるで私《わたし》だけが、世界《せかい》で一人《ひとり》だけみたい。まるい空《そら》の真《ま》ん中《なか》で、私《わたし》は泣《な》いた。

「……うっ。……ふっ……」

抑《おさ》えきれない嗚咽《おえつ》が、私《わたし》の唇《くちびる》からこぼれた。

「……ハル……」

つぶやいたあの人《ひと》の名前《なまえ》を、もう呼《よ》ぶ日《ひ》はこないのかな。

長《なが》いようで、短《みじか》かった。不思議《ふしぎ》な私《わたし》の恋《こい》。

まるで、この青空《あおぞら》に吸《す》いこまれるように終《お》わりを告《つ》げた。

15章《しょう》

通学電車《つうがくでんしゃ》

大学《だいがく》にいくために、私《わたし》は玄関《げんかん》を出《で》た。

今日《きょう》は午前《ごぜん》しか授業《じゅぎょう》がないから楽《らく》な日《ひ》だ。余《あま》った時間《じかん》でなにをしようか。

久《ひさ》しぶりに、のんびりお茶《ちゃ》して買《か》い物《もの》でもしようかしら。

鼻歌《はなうた》を歌《うた》いながら、私《わたし》は駅《えき》に向《む》かった。

そして、いつもの電車《でんしゃ》に乗《の》りこむ。

二年経《ねんた》って、大学生《だいがくせい》になっても、私《わたし》はあいかわらず電車通学《でんしゃつうがく》だ。

電車《でんしゃ》は満員《まんいん》で、立《た》っているのがやっとだ。

その時《とき》、誰《だれ》かが私《わたし》のお尻《しり》を触《さわ》った。

(嘘《うそ》、チカン!?)

チカンにあうなんて、最悪《さいあく》。今日《きょう》はなんてついてないんだろう……。そう悲《かな》しくなりながらも、
チカンは無遠慮《ぶえんりょ》に私《わたし》のお尻《しり》を触《さわ》りまくる。もう、がまんの限界《げんかい》だ。

「ちょっと、やめてくれませんか？」

「!?」

「チカンなんかして、大人《おとな》として恥《は》ずかしくないんですか？」

チカンをしていた男《おとこ》の腕《うで》をひねりあげながら、私《わたし》は注意《ちゅうい》する。見《み》れば、いい年《とし》をしたサラリーマンだった。私《わたし》のパパくらいの年齢《ねんれい》だろう。

「ぼ、僕《ぼく》はそんなこと」

「言《い》い訳《わけ》はやめてください。あなたにだって奥《おく》さんも子供《こども》もいるんでしょう？　こんなことやってるって知《し》ったら、哀《かな》しみますよ？」

まわりにいた乗客《じょうきゃく》がざわめく。

「私《わたし》、見《み》てました。この人《ひと》、チカンしてましたよ」

「いいぞ！　姉《ねえ》ちゃんっ！　よく言《い》った！」

みんな、私《わたし》の味方《みかた》をしてくれた。誰《だれ》かが通報《つうほう》してくれたんだろう。チカンしたおじさんは駅員《えきいん》さんに連《つ》れていかれた。そして、車内《しゃない》は、何事《なにごと》もなかったかのように静《しず》かになる。昔《むかし》の私《わたし》じゃ考《かんが》えられないことだ。

かつての自分《じぶん》を思《おも》い出《だ》し、苦笑《くしょう》する。本当《ほんとう》に、あの時《とき》の私《わたし》は人《ひと》にたよりきりで、一人《ひとり》じゃなにもできなかった。電車《でんしゃ》の窓《まど》に映《うつ》る自分《じぶん》の顔《かお》を見《み》る。

そこには、薄《うす》くお化粧《けしょう》をした大学生《だいがくせい》の私《わたし》がいた。それと……。

「お前《まえ》、スゲーな。助《たす》けてやろうと思《おも》ったのに、俺《おれ》の出番《でばん》なかったじゃん」

私《わたし》は、振《ふ》りかえらない。窓《まど》に映《うつ》る私《わたし》の後《うし》ろに、彼《かれ》の姿《すがた》が見《み》えていたから。

また、幻《まぼろし》？　私《わたし》の都合《つごう》のいい夢《ゆめ》？

あれ以来《いらい》、彼《かれ》とは会《あ》っていなかった。でも、私《わたし》は片時《かたとき》も彼《かれ》を忘《わす》れたことがない。

高校《こうこう》を卒業《そつぎょう》し、大学《だいがく》に入学《にゅうがく》しても。未練《みれん》がましいかもしれない。

けど、私《わたし》にとって大切《たいせつ》で幸《しあわ》せな思《おも》い出《で》だったから。

「なにシカトしてんだよ。こっち向《む》けよ」

ゆっくりと、振《ふ》りかえる。朝《あさ》の光《ひかり》の中《なか》に、彼《かれ》は立《た》っていた。

少《すこ》し、背《せ》が伸《の》びた？　なんだか、大人《おとな》っぽくなったね。別人《べつじん》みたいな雰囲気《ふんいき》。

……でも、すぐにわかったよ。

「……ハル」

「よう」

ハルが、ニカッと笑《わら》った。

「迎《むか》えにきた」

「え？」

「約束《やくそく》しただろ。ちゃんと、元《もと》に戻《もど》ったらユウナに会《あ》いにいくって」

大人《おとな》になったハルは、めまいがするほどカッコよくて、これは、自分《じぶん》に都合《つごう》がいい夢《ゆめ》だと思《おも》った。

「なに？　迎《むか》えにくるのが遅《おそ》すぎて、他《ほか》に彼氏《かれし》でもできたのか？」

「……ち、ちがう……私《わたし》……」

私《わたし》は、泣《な》いた。屋上《おくじょう》でハルと別《わか》れて以来《いらい》、私《わたし》は泣《な》いたことがなかった。

どんなに苦《くる》しくて、つらいことがあっても、負《ま》けないと決《き》めたから。私《わたし》は、変《か》わりたかったから。

「あいかわらず、泣《な》いてんのかよ」

「……ハル……」

「遅《おそ》くなって、ごめん」

ハルは、他《ほか》の乗客《じょうきゃく》からかくすように、そっと私《わたし》を抱《だ》いてくれた。

「ハル……ハル……っ！　私《わたし》、私《わたし》……」

忘《わす》れていた涙《なみだ》が、止《と》めどなくあふれる。

「俺《おれ》、ちゃんと俺《おれ》の中《なか》にいたんだ。まっ暗《くら》な闇《やみ》の中《なか》、つらくてさびしくて消《き》えてしまいそうだったけど。ユウナのこと、想《おも》ってがんばれた」

「もう一人《ひとり》の、ハルは？」

「いる。って言《い》うか、あれも含《ふく》めて『俺《おれ》』だから。あの時《とき》は、魂《たましい》がまだ不完全《ふかんぜん》で……でも、やっと全部受《ぜんぶう》けいれることができた。俺《おれ》は、俺《おれ》になれた」

ハルの腕《うで》の中《なか》は温《あたた》かくて、ずっとこのままでいたかった。

まるで、今《いま》にも消《き》えてしまいそうなくらい、幸《しあわ》せだ。

「俺《おれ》は、完全《かんぜん》に『ハル』になったんだ。孤独《こどく》な俺《おれ》も、お前《まえ》を好《す》きだった俺《おれ》も、全部《ぜんぶ》含《ふく》めて、ひとつの魂《たましい》になれた。すげえ時間《じかん》かかったけどな」

ハルが、苦笑《くしょう》する。

「ユウナ、俺《おれ》、サッカー以外《いがい》で目標《もくひょう》を見《み》つけた。俺《おれ》、医者《いしゃ》になりたい」

見上《みあ》げたハルの瞳《ひとみ》は、一点《いってん》のくもりもなく透《す》き通《とお》っていた。以前《いぜん》のようなかげりはみじんも感《かん》じられない。

「医者《いしゃ》になって、いろんな人《ひと》の命《いのち》を助《たす》けたい。あの後《あと》、スゲー猛勉強《もうべんきょう》したんだぜ？　まあ。俺《おれ》、もともと頭《あたま》よかったから」

「……ぷ」

「お前《まえ》、なんでそこで笑《わら》う？　ちゃんと、医学部《いがくぶ》に合格《ごうかく》したんだからな！」

「嘘《うそ》っ！　すごい！」

ハルが、私《わたし》を見《み》て照《て》れたように笑《わら》った。

「合格《ごうかく》したら。胸《むね》を張《は》ってユウナに会《あ》いにいこうって、決《き》めてたんだ。なあ……前《まえ》にした約束《やくそく》、まだ有効《ゆうこう》か？　期限切《きげんぎ》れとか、ないか？」

「ないよ。私《わたし》、ずっとハルのこと想《おも》ってたよ。他《ほか》の人《ひと》に告白《こくはく》されても、私《わたし》」

ハルの瞳《ひとみ》と、私《わたし》の瞳《ひとみ》が重《かさ》なる。変《か》わらない笑顔《えがお》を私《わたし》に向《む》ける。

「ユウナ……好《す》きだ」

聞《き》こえないくらいの小《ちい》さな声《こえ》で、耳許《みみもと》でささやかれる。私《わたし》は、それにうなずいた。

私《わたし》たちは、電車《でんしゃ》の行《い》き先《さき》を変《か》える。行《い》き先《さき》は、いつか約束《やくそく》した遊園地《ゆうえんち》。

遊園地《ゆうえんち》にいったら、わざといなくなってやろう。今《いま》まで、私《わたし》をさんざん待《ま》たせたお返《かえ》しをしてやろう。

そして、観覧車《かんらんしゃ》の前《まえ》で見《み》つけてもらうんだ。

迷子《まいご》になった、私《わたし》を。

あとがき

今《いま》、あなたは恋《こい》をしていますか？

突然《とつぜん》、こんなことを聞《き》いて、ごめんなさい。

はじめまして、もしかしたら、はじめましてじゃない子《こ》もいるのかな？

こんにちは、作者《さくしゃ》のみゆです。

このお話《はなし》は、コバルト文庫《ぶんこ》で最初《さいしょ》に書《か》いたお話《はなし》を、みらい文庫用《ぶんこよう》に書《か》き直《なお》したんです。

『通学電車《つうがくでんしゃ》』を書《か》いたのは、もう何年前《なんねんまえ》になるのかなあ？　書《か》き直《なお》しながら、当時《とうじ》のことを思《おも》い出《だ》して懐《なつ》かしくなったり、泣《な》いたり笑《わら》ったりしたりいろいろな気持《きも》ちがあふれてきました。『通学《つうがく》電車《でんしゃ》』を書《か》いたきっかけは、小学生《しょうがくせい》の姪《めい》っ子《こ》でした。まだ恋《こい》をしたことがない小学生《しょうがくせい》の姪《めい》っ子《こ》に、大人向《おとなむ》けのものではない恋愛小説《れんあいしょうせつ》を読《よ》んでほしくて。

でも、まさか本《ほん》になるなんて思《おも》いもよらなかったし、この『通学電車《つうがくでんしゃ》』は映画《えいが》にもなったんだけど、今《いま》でも夢《ゆめ》みたいです。ほっぺつねったら痛《いた》いので、夢《ゆめ》じゃないみたい。いたた。

私《わたし》はお姉《ねえ》ちゃんがいて、十歳以上《じゅっさいいじょう》離《はな》れているんだけど、姪《めい》っ子《こ》はお姉《ねえ》ちゃんの娘《むすめ》なんです。だから、私《わたし》にとって妹《いもうと》みたいな存在《そんざい》なんだ。今《いま》ではもう姪《めい》っ子《こ》は大学生《だいがくせい》になって、彼氏《かれし》もいて恋《れん》愛《あい》をしてるみたいです。失恋《しつれん》もしたり、でもまた新《あたら》しい恋《こい》をしたり、楽《たの》しそうにしています。

これを読《よ》んでくれたあなたは、好《す》きな人《ひと》がいますか？

もしまだなら、すてきな人《ひと》に出会《であ》えるといいなあ。

私《わたし》の読者《どくしゃ》さんは、いい子《こ》が多《おお》いのでみんなに幸《しあわ》せになってほしい！

え？　私《わたし》ですか？　私《わたし》は彼氏《かれし》いませんよ？　（笑）

小説《しょうせつ》を書《か》くのが楽《たの》しくなってしまって、彼氏《かれし》どころではなくなってしまいました。小説《しょうせつ》も楽しいし、読者《どくしゃ》さんがかわいくて大好《だいす》きで（これを読《よ》んでるあなたもだよ！）彼氏《かれし》はしばらくいらないなあって思《おも》ってしまいました。

いつか。あなたにすてきな彼《かれ》があらわれたら教《おし》えてね。私《わたし》も、そんな人《ひと》があらわれたら教《おし》えるね。

私《わたし》の大好《だいす》きなあなたが、大好《だいす》きな人《ひと》に出会《であ》えますように。

また、ここで会《あ》えたらうれしいな。

最後《さいご》まで読《よ》んでくれて、本当《ほんとう》にありがとう。

みゆ

※みゆ先生《せんせい》へのお手紙《てがみ》は、こちらに送《おく》ってください。
〒101―8050　東京都《とうきょうと》千代田区《ちよだく》一《ひと》ツ橋《ばし》2―5―10　集英社《しゅうえいしゃ》みらい文庫《ぶんこ》編集部《へんしゅうぶ》　みゆ先生係《せんせいがかり》

「2人はどうなるの—!?」と最後《さいご》まで
ドキドキしながら読《よ》みました!!
イラストも楽《たの》しんでもらえていたら
嬉《うれ》しいです♡
ありがとうございました♡
朝吹《あさぶき》まり

集英社みらい文庫

通《つう》学《がく》電《でん》車《しゃ》

～君《きみ》と僕《ぼく》の部《へ》屋《や》～ みらい文《ぶん》庫《こ》版《ばん》

みゆ　作

朝吹《あさぶき》まり　絵

この本は集英社コバルト文庫より刊行された『通学電車～君と僕の部屋～』をみらい文庫用に書き直したものです。

ファンレターのあて先

〒101-8050　東京都千代田区一ツ橋 2-5-10　集英社みらい文庫編集部

いただいたお便りは編集部から先生におわたしいたします。

2017 年　4 月 30 日　第 1 刷発行

2017 年 12 月　6 日　第 4 刷発行

発 行 者　北畠輝幸

発 行 所　株式会社 集英社

〒101-8050　東京都千代田区一ツ橋 2-5-10

電話　編集部 03-3230-6246

読者係 03-3230-6080

販売部 03-3230-6393(書店専用)

http://miraibunko.jp

装　　丁　+++ 野田由美子　中島由佳理

印　　刷　図書印刷株式会社　凸版印刷株式会社

製　　本　図書印刷株式会社

協　　力　藤沢大祐

★この作品はフィクションです。実在の人物・団体・事件などにはいっさい関係ありません。

ISBN978-4-08-321370-0　C8293　N.D.C.913　185P　18cm

毎日《まいにち》がドキドキの連続《れんぞく》。
これって恋《こい》なの…？

きらきらひかる、ときめきの20冊《さつ》！

通学電車《つうがくでんしゃ》 ～君《きみ》と僕《ぼく》の部屋《へや》～

通学路《つうがくろ》 ～君《きみ》と僕《ぼく》の部屋《へや》～

通学時間《つうがくじかん》 ～君《きみ》は僕《ぼく》の傍《そば》にいる～

通学途中《つうがくとちゅう》 ～君《きみ》と僕《ぼく》の部屋《へや》～

通学区《つうがくく》 ～君《きみ》は僕《ぼく》の傍《そば》にいる～

通学風景《つうがくふうけい》㊤《じょう》㊦《げ》 ～君《きみ》と僕《ぼく》の部屋《へや》～

通学記《つうがくき》 ～君《きみ》は僕《ぼく》の傍《そば》にいる～

通学範囲《つうがくはんい》 ～君《きみ》は僕《ぼく》の傍《そば》にいる～

通学日《つうがくび》 ～君《きみ》と僕《ぼく》の部屋《へや》～

通学証明《つうがくしょうめい》 ～君《きみ》と僕《ぼく》の部屋《へや》～

通学距離《つうがくきょり》 ～君《きみ》と僕《ぼく》の部屋《へや》～ 青空編《あおぞらへん》／星空編《ほしぞらへん》

通学模様《つうがくもよう》 ～君《きみ》と僕《ぼく》の部屋《へや》～

通学条件《つうがくじょうけん》 ～君《きみ》と僕《ぼく》の部屋《へや》～

comic&stories《コミックアンドストーリーズ》 通学時間《つうがくじかん》 ～君《きみ》は僕《ぼく》の傍《そば》にいる～①②

スピンオフ

映画《えいが》『通学電車《つうがくでんしゃ》／通学途中《つうがくとちゅう》』スピンオフ
そして僕《ぼく》は君《きみ》をみつける

通学《つうがく》シリーズ スピンオフ
つよがりな君《きみ》のためのホットミルク

メガロポリス203号室《ごうしつ》
—記憶《きおく》の欠片《かけら》—

人気俳優《にんきはいゆう》がカバーモデル！

千葉雄大《ちばゆうだい》くんと草刈麻有《くさかりまゆう》ちゃん

三浦翔平《みうらしょうへい》くんと本田《ほんだ》 翼《つばさ》ちゃん

瀬戸康史《せとこうじ》くんと大政《おおまさ》 絢《あや》ちゃん

集英社 コバルト文庫《ぶんこ》 ピンキー文庫《ぶんこ》

「みらい文庫《ぶんこ》」読者《どくしゃ》のみなさんへ

言葉《ことば》を学《まな》ぶ、感性《かんせい》を磨《みが》く、創造力《そうぞうりょく》を育《はぐく》む……、読書《どくしょ》は「人間力《にんげんりょく》」を高《たか》めるために欠《か》かせません。たった一枚《いちまい》のページをめくる向《む》こう側《がわ》に、未知《みち》の世界《せかい》、ドキドキのみらいが無限《むげん》に広《ひろ》がっている。これこそが「本《ほん》」だけが持《も》っているパワーです。

学校《がっこう》の朝《あさ》の読書《どくしょ》に、休《やす》み時間《じかん》に、放課後《ほうかご》に……。いつでも、どこでも、すぐに続《つづ》きを読《よ》みたくなるような、魅力《みりょく》に溢《あふ》れる本《ほん》をたくさん揃《そろ》えていきたい。読書《どくしょ》がくれる、心《こころ》がきらきらしたり胸《むね》がきゅんとする瞬間《しゅんかん》を体験《たいけん》してほしい、楽《たの》しんでほしい。みらいの日本《にほん》、そして世界《せかい》を担《にな》うみなさんが、やがて大人《おとな》になった時《とき》、「読書《どくしょ》の魅力《みりょく》を初《はじ》めて知《し》った本《ほん》」「自分《じぶん》のおこづかいで初《はじ》めて買《か》った一冊《いっさつ》」と思《おも》い出《だ》してくれるような作品《さくひん》を一所懸命《いっしょけんめい》、大切《たいせつ》に創《つく》っていきたい。

そんないっぱいの想《おも》いを込《こ》めながら、作家《さっか》の先生方《せんせいがた》と一緒《いっしょ》に、私《わたし》たちは素敵《すてき》な本作《ほんづく》りを続《つづ》けていきます。「みらい文庫《ぶんこ》」は、無限《むげん》の宇宙《うちゅう》に浮《う》かぶ星《ほし》のように、夢《ゆめ》をたたえ輝《かがや》きながら、次々《つぎつぎ》と新《あたら》しく生《う》まれ続《つづ》けます。

本《ほん》を持《も》つ、その手《て》の中《なか》に、ドキドキするみらい――。

本《ほん》の宇宙《うちゅう》から、自分《じぶん》だけの健《すこ》やかな空想力《くうそうりょく》を育《そだ》て、〝みらいの星《ほし》〟をたくさん見《み》つけてください。

そして、大切《たいせつ》なこと、大切《たいせつ》な人《ひと》をきちんと守《まも》る、強《つよ》くて、やさしい大人《おとな》になってくれることを心《こころ》から願《ねが》っています。

2011年《ねん》　春《はる》

集英社《しゅうえいしゃ》みらい文庫《ぶんこ》編集部《へんしゅうぶ》